Relatos al pie de la letra

Ricardo Bejarano González

EDIQUID

RELATOS AL PIE DE LA LETRA

Editado por: Corporación Ígneo, S.A.C.
para su sello editorial Ediquid
Av. Arequipa 185 1380, Urb. Santa Beatriz. Lima, Perú
Primera edición, octubre, 2022

ISBN: 978-612-5078-41-4
Tiraje: 50 ejemplares

Hecho el Depósito Legal en la Biblioteca Nacional del Perú N° 2022-09624
Se terminó de imprimir en octubre de 2022 en:
ALEPH IMPRESIONES SRL
Jr. Risso Nro. 580 Lince, Lima

www.grupoigneo.com
Correo electrónico: contacto@grupoigneo.com
Facebook: Grupo Ígneo | Twitter: @editorialigneo | Instagram: @grupoigneo

Diseño de portada: Susana Santos
Corrección: Beatriz Chavarri Lecuna
Diagramación: Gerardo Hernández B.

Colección: Nuevas Voces

Contenido

Prólogo

El fútbol habla, y habla desde una diplomacia tan bella y noble que ha sido malinterpretado, bastardeado y hasta ninguneado. Lo que pasa es que transita, lastimosamente, por el mundo de lo «banal». Sin embargo, él va rodando por la vida, enseñando, emocionando, contando, filantropando, debatiendo, provocando, apoyando y construyendo un mundo en el que todos caben. Donde muchos se resguardan para olvidarse por noventa minutos de lo dura que, a veces, suele ser la vida. Por eso deseo que nunca les falte un balón y alguien con quién hacerse pases.

Primero quiero agradecer a Dios por darme un segundo *round* de vida.

También quiero agradecer a todas las personas que les dieron un pase a estas palabras: A mi papá, por ser ese director técnico que siempre ha confiado en mí. A mi mamá, por ser la defensa que me protege más que Riquelme a la pelota.

A mi hermana, que desde un plano cenital me ha llevado de la mano y a quien le dedico mis triunfos mirando y señalando hacia el cielo.

A mi tío Ricardo y a mi madrina María Antonieta, quienes han sido los volantes de creación de escenarios que siempre me han permitido llegar al gol. A mi tía Loty, con quién he tirado paredes para continuar en la cancha.

A mi compañera de vida, Catalina, que me presionó más que un equipo de Guardiola para poder cristalizar este tapa blanda.

Tiros al arco

«De ahí que insista en que el jugador de fútbol piense que no solo le corresponde jugar al fútbol sino formar parte de una comunidad. Y en que no puede estar ausente cuando hay una huelga de maestros, no debe estar ausente en los reclamos de los metalúrgicos, los mineros, los albañiles, los oficinistas. En pocas palabras, no debe estar ausente cuando se plantea la lucha política para mejorar la sociedad», decía Menotti en su libro *Fútbol sin trampa*. Hay fragmentos de libros que se vuelven parte de la vida y yo, como todo se lo enseño a mis hijos a través de la pelota, decidí rescatarlo de mi memoria para intentar responderle a Tomás aquella tarde del 20 de julio, fiesta patria en Colombia, cuando me preguntó «¿qué es democracia?». Me acordé del Doctor y me agarré de su puño alzado para desarrollar una idea que tiene muchos matices. El fútbol, que es tan inexplicable, siempre explica la vida. Me senté y vi que tenía los ojos bien abiertos, como esperando una respuesta corta, pero su cabeza fértil merecía los treinta minutos que lo tuve con atención contemplativa.

Sabían, sin más, que con la pancarta que se abría paso lentamente desde el túnel y que se pararía frente al Pacaembú en medio del campo sería el fin. Y sí, también ellos, los que están detrás de los escritorios burocráticos, sienten miedo. Mientras entraban a ese rectángulo verde esperanza un mensaje y once jugadores, el terror que siempre había sentido el pueblo se reflejaba en los ojos de quienes se digerían al país. El ruido de tambores, panderetas y coros era rumor de funeraria para los que no hace mucho habían hecho sonar sus fusiles.

Yo en esa época, y como todo puberto, creía en la belleza de las utopías, en el discurso de Marx y soñaba con la revolución al poder del 1 de enero de 1959. Tal vez, por eso esta historia y ese equipo me ayudarán a definir, además de tu duda, la política en general. Soy de los que creen a ciegas y se desvelan por la tradición oral. Por lo general siempre busco rescatar en los pedazos de la memoria ajena los imaginarios que les dan su esencia. Así fue en Brasil. Ese hecho ha pasado de generación en generación y ha trascendido continentes.

Latinoamérica ha vivido del engaño constante, resistiendo su dolor en el anonimato, y su dignidad ha sido repartida entre los verdugos de turno, quienes disfrazan sus intereses personales en planes de gobierno. Las dictaduras en Latinoamérica han sido, tal vez, el capítulo más doloroso y sangriento que ha vivido la región. Desapariciones forzosas, censura y muerte fueron los métodos implantados para callar el ruido que producían las necesidades en las calles.

—Mira, Tomás —enfaticé—. La democracia no tiene el romanticismo de la revolución, pero garantiza la «libertad de elegir».

Su rostro dibujó una expresión que carecía de entendimiento. Me dije: «esto se me fue muy político, más para un chico de temprana edad». Creo que en un principio se desilusionó, porque lo que le había llamado la atención había tomado otro rumbo ¿Dónde quedaron esos once tipos, el Pacaembú y una pancarta? Justo antes de ver que iba a partir hacia su cuarto, enderecé el camino.

—Brasil vivió una dictadura militar que duró desde el 1 de abril de 1964 hasta el 15 de marzo de 1985. En 1982 un grupo de jugadores liderados por el señor Sócrates, apodado el Doctor por el pueblo y Magrão por sus amigos, convirtieron la pelota en el puño de la revolución. Entendieron que no solo les correspondía jugar al fútbol, sino que también debían hacer parte de la lucha social y política de su país —gracias, Menotti.

»Salió por el túnel una figura de un metro noventa, que calzaba 40, de cabello negro crespo y barba tupida. Un retrato del Che Guevara. Sócrates Brasileiro Sampaio de Souza Vieira de Oliveira, a pesar de su altura, su contextura delgada, sus piernas largas y tronco corto, era un jugador técnico, elegante, de buen disparo, con capacidad para asociarse, colectivo, generoso, creativo y solidario. Jugaba un fútbol inteligente y de toque. Jugaba como entendía la vida. Alegría pura. También pasó por la universidad y se recibió de médico. Lector interminable, provocador y cuestionador. Todo esto forjó al hombre y la idea.

Aquí volví a retomar la atención de Tomás, quien me preguntó rápidamente:

—Papá, ¿cuál es el equipo del doctor? —y sí, tenía razón, había hablado de todo menos del Timão.

—El Corinthians de Brasil, hijo —contesté.

»Magrão llegó a Corinthians, un equipo popular de la ciudad de São Paulo, y de inmediato el Doctor y la torcida[1] hicieron clic. Encontró su manifiesto sin necesidad de la violencia. La puerta para enviar un mensaje. Esta relación engendró al Sócrates político y desarrolló su imagen como representante del pueblo, se integró a la sociedad como un ser pensante. Mientras la dictadura quería buscar una salida lenta y paulatina, el pueblo brasileño quería «Directas Ya» para salir de la ignominiosa situación que los venía oprimiendo desde hacía casi veinte años.

---

1 Hinchada en Brasil.

—Más despacio, papá —dijo Tomás, y me frené en seco.

—¿Qué es «Directas Ya»?

Yo agradecí a la torcida su atención, porque uno de padre sabe que con el paso del tiempo los hijos o no nos escuchan o nos escuchan con su cabeza en paradero desconocido. Pelear con la tecnología para mantener su atención es una batalla tan injusta como triste, y que solo se gana con seductores helados o irresistibles chocolates.

—Tomi —así le digo de cariño—, «Directas Ya» fue una campaña política llevada a cabo en Brasil durante los años 1984 y 1985 con la que se buscaba que las personas pudieran ejercer el derecho a escoger al presidente del país por voto directo de los electores —no entendió mucho, lo noté, por eso seguí con rapidez.

»Aquí es donde el fútbol se convierte en el laboratorio social y político que cambiaría el rumbo de Brasil y sus generaciones futuras. «Pequeñas sociedades», hijo, es un término del glosario futbolero que se usa para referirse a dos jugadores de características diferentes, que cuando se juntan se potencian uno al otro dentro del campo. Acá el director deportivo, un sociólogo que no sabía nada de fútbol, y los jugadores del Timão, con Sócrates, Casagrande y Wladimir a la cabeza, instauraron un gobierno democrático en la interna del club.

»Una decisión provocadora y antagónica en tiempos en los que la soberanía del pueblo era oprimida en cada esquina. En una época en la cual la dictadura no permitía al pueblo brasileño decidir ni votar, el equipo de la ciudad de São Paulo promovió un experimento en el que todos, absolutamente todos los integrantes, decidían sobre los temas que interesaban al club. Desde el horario de los entrenamientos hasta las contrataciones, cada uno de los empleados ejercía su derecho y votaba. La victoria de la mayoría imponía el ritmo y los intereses del Timão. Nació la «Democracia Corinthiana». El éxito no solo fue político a nivel institucional, sino que también emigró y se reflejó en la cancha: salieron campeones dos años seguidos. En otras palabras, eran un grupo con conciencia política sobre sus derechos y deberes, cumplían las obligaciones como equipo y también tenían la libertad de aventurar una que otra gambeta.

»El equipo jugaba bonito y ganaba, pero detrás de los triunfos había un sueño: una sociedad libre y mejor. Este señor no solo lleva el nombre de uno de los pensadores más importantes de la historia de la filosofía, sino que también representa la virtud socrática —no sé ni por qué dije esto, pero Tomás lo dejó pasar, menos mal, pues para esta parte del cuento no sabía si me estaba entendiendo o no, y tocar ahora un tema demasiado profundo para su comprensión acabaría con mis intenciones de clarificar un concepto a un niño de diez años. Solo dijo «viejo, sigue con el Sócrates jugador», y sonreí.

—Sócrates dijo: «Cómo voy a perder la posibilidad de hablar con los brasileños a partir de una cosa que todos entendemos, que es el fútbol». Puede ser difícil entender que una camiseta que tenga grabado en el dorsal «Democracia Corinthiana» pueda generar un cambio, pero en una época de hostilidad dictatorial solo usar la palabra democracia era beligerante. Después vino la estampa «Directas Ya», de la que ya te hablé —dije—. ¿Alguien puede imaginarse a un jugador de fútbol saliendo a una manifestación popular pidiendo algo tan simple como el voto popular? Pues Magrão fue la voz del pueblo dentro y fuera de la cancha. Hasta les prometió que si ganaban se quedaba en el Timão, cosa que no ocurrió y se llevó su fútbol a la Fiorentina de Italia. Allá no fue muy feliz y al poco tiempo volvió a su casa, Brasil.

»Sócrates dijo: «Quiero morir un domingo y que el Corinthians levante una copa ese día», y las palabras, con tono profético, se hicieron realidad. El domingo 4 de diciembre de 2011 Sócrates Brasileiro Sampaio de Souza Viera de Olivera murió a los cincuenta y siete años y el Corinthians salió campeón del Brasileirão. La torcida retumbó con sus bombos, las lágrimas y la rabia se hicieron presentes. Se levantó el mítico puño en alto de Sócrates y el Timão salió campeón esa tarde de domingo.

Tomás se entristeció por la muerte de mi héroe.

—Pero papá, murió con la edad que tiene el abuelo ¿Qué le pasó?

No quise entrar en detalles, porque su imagen no podía quedar manchada por los vicios de su enigmática vida. Decidí decirle que hay personas que son tan buenas que Dios las llama mucho más rápido para que le ayuden desde arriba y lo entendió.

—Hijo —seguí—, en 1985 Brasil recobró su democracia, sin embargo, solo hasta 1989 la ciudadanía pudo ejercer su voto y elegir a su presidente. La voz del fútbol fue Sócrates: eran tiros en forma de goles que democratizaron el país. No hay revoluciones buenas, todas dejan a su paso sangre y desolación, pero esta representa el romanticismo de la revolución en un proceso político, social y deportivo que cambió el rumbo de un país sin una gota de sangre de por medio, y mucho menos una bala. Solo goles y gambetas.

Con miedo sobre si había sido claro, le pregunté:

—Tomás, ¿entendiste qué es la democracia?

Y él contestó mientras corría a su cuarto:

—Que ahora votaremos mamá, el abuelo, mi hermana, tú y yo. ¿A qué hora debo ir a dormir?

Herencia

Usted no me conoce, pero yo sí, algo lo conozco. Toda mi vida he escuchado hablar de usted. Bueno, cuando no estaba ella, sobre todo, y cuando su nombre aparecía por cosas del momento. Muchas malas, pocas buenas, pero detalladas; costumbres, gustos y cosas así. Igual, para mí, eso nunca contaminó su nombre. Porque, dígame, ¿quién es perfecto? A veces, el azar aparece, los caminos se abren y son muchos los que seducen. Yo también he tomado mis decisiones, dentro de esas, esta. Yo sé que usted no me conoce, aunque sí me ha visto, supongo, porque sus ojos de incredulidad así lo delatan.

No sé si lo que estoy haciendo está bien; escarbar en el pasado muchas veces crea rupturas tan desmedidas que se vuelve vertiginoso el presente. Pero es que yo toda mi vida busqué la manera de encontrarlo. Eso sí, a escondidas. Porque cuando mencionaba su nombre con demasiado interés, el ambiente se tornaba hostil. Nadie hablaba y me fulminaban con una mirada de odio y rencor. Yo no sé por qué tomó las decisiones que tomó, ni tampoco pretendo juzgarlo. Créame, ninguna de mis incansables búsquedas fueron para eso. Hoy tampoco. Mis ganas de conocerlo son un tanto banales, menos profundas. No tienen nada que ver con lo que pasó. Como le digo, no pretendo que responda preguntas sobre el porqué ni nada por el estilo. ¿Me puedo sentar? Gracias.

Mi nombre es Santiago Reyes. Sí, yo sé que lo sabe. Pero quiero que de verdad me conozca. Señorita, yo quiero un café con un poquito de leche, mejor dicho, un *pintaíto*. ¿Y para él? Lo mismo, supongo. No me mire con esa cara, ya le dije, algo lo conozco. Como le venía diciendo: usted ha sido muy importante para mí. Crecí soñando con poder conocerlo. Crecí queriendo ser como usted. Yo no tengo la culpa de lo que haya pasado y por eso no le guardo ningún tipo de rencor. Por muchos años perdí la esperanza, no lo dude ni por un minuto, pues encontrar a alguien que siempre ha sido un fantasma no es fácil. Sin embargo, cuando la vida me cambió pensé que podría hacer uso de ello a mi favor. No obstante, no se imagina todo lo que hice mientras eso pasaba. Búsquedas que siempre terminaban en castigos... Créame, la chancleta todavía es el método educativo que emplean en casa. Duele, y mucho. Con todo y eso nunca desistí y vea, hoy por fin lo tengo frente a frente. Usted seguramente todavía se estará preguntando «¿Y este quién es?». Yo lo entiendo, y déjeme que suelte una sonrisa, pero hacer feliz a muchas mujeres, como decían sus amigos, no le permite, creo yo, tener muchas pistas que digamos. Vea, de esa sonrisa pícara hablo. No se sonroje y disculpe el atrevimiento.

Un día estaba en casa buscando un álbum viejo, para vergüenza mía, de esos que tienen fotografías con los desnudos tradicionales en la bañera, que mi mamá quería mostrarle a sus amigas y encontré una caja que decía «Del señor». Pensé que eran biblias, velas e imágenes religiosas de nuestro Señor Jesucristo. ¡Ah! No sabe cuánto soñé verlo reírse así como lo acaba de hacer. El señor era usted. Preferí callar mi hallazgo. Tenía miedo a que si revelaba lo que me había encontrado me fuera arrebatado y terminara en una bolsa de basura. Escondí esa caja debajo de muchas otras esperando un momento de soledad para aventurarme en ella. No fue fácil encontrar ese tiempo, le cuento, pues después de su justo retiro ella siempre estaba en casa.

¿Me deja contarle algo del pasado? Yo sé que tal vez no quiera revivirlo, no sé si prefiera que no toque esos temas, pero siento que si aún no me ha echado ni se ha parado de la mesa con mi monólogo eterno es porque su corazón les abrió la puerta a mis palabras.

Cuando usted se fue, ellos también se fueron muy lejos. Las pocas maletas y un tren los llevaron a un pueblo, del cual no me acuerdo el nombre, a donde un hermano de mi abuela. Ella no sabía que estaba embarazada de mi mamá y un par de meses después daría a luz. Según me cuentan, allá fueron muy felices hasta que la violencia los devolvió, todavía con la herida abierta, a Bogotá. Mi abuela no quería, pero no tenían opción. Ella solo conocía un barrio, se había volado del pueblo con usted a los diecisiete años, y cuatro hijos después la segura fue volver a lo conocido. Inés, sí señor. Perdone que haya dicho en voz alta lo que leí de sus labios. Solo fue un reflejo, un acto involuntario al leer en su boca su nombre. Ella era muy bella, usted lo sabe. Ella era muy trabajadora, usted lo sabe. La vieja se levantó sola, no lo tome personal, se lo pido, solo intento que sepa por qué estoy acá. Cosiendo colchones y lavando ropa saco adelante a mi mamá y a sus tres hermanos. La vieja se volvió una roca, se enfrentó a su ignominiosa situación con talante, mano dura y trabajo. Eso sí, sola. Nunca rehízo su vida, se dedicó a sus cuatro hijos. Yo nací durante la transición; mis tíos iban creciendo y se fueron haciendo cargo de la casa. Con el tiempo, poco a poco, fue dejando de trabajar. Sí, por supuesto, yo también nací en el Olaya. Mi mamá quedó embarazada a los veintitrés años, y como si fuera desgracia de consanguinidad mi papá también salió por cigarrillos y no volvió. A él tampoco lo conozco, pero sé cómo se llama. Según cuentan, emigró hacia Estados Unidos. Fue lo último que supe. Discúlpeme, no quise decir eso. Como le digo, mi intención no es reprocharle nada.

Mire señor, le he robado diez minutos de su vida, pero yo he recuperado veinte años. ¿Le puedo contar un secreto? Usted fue mi primer ídolo. Sí, no me mire así. La caja fue la culpable de mi idolatría pagana hacia usted. Allí se encuentra mi tesoro, y digo se encuentra porque aún la conservo. Y no crea, no fue fácil hacer que sobreviviera. Esa caja le huyó al destino, muchas veces se salvó de terminar en el olvido de la basura. Pero yo me encargué de proteger lo que su interior guardaba.

Cuando por fin encontré el primer momento de absoluta soledad su contenido iluminó mi rostro. Como cuando los piratas encuentran el tesoro y al abrirlo el oro resplandece sus sonrientes caras. Claro, acá no había oro en el sentido literal de la palabra, pero para mí valía más. Recortes de la prensa escrita, fotos, medallas y trofeos. «Goleador de la Copa Amistad del Sur». «Así celebraron los integrantes del equipo campeón la segunda Copa Amistad del Sur». «Entrevista con la figura de la segunda fecha de la Copa Amistad del Sur». «Por tercera vez se consagra como goleador vistiendo los colores blanco con negro». «Parece que baila por la cancha la figura del equipo organizador».

No solo había recuerdos del ahora Torneo del Olaya, sino de muchos otros campeonatos en los que usted fue figura, pero para los que nacimos en Bogotá, y mucho más en el barrio, sabemos lo que significa jugar esta prestigiosa copa. Usted lo sabe mucho más que yo. Tanto estaba yo dentro de mi imaginación que perdí la noción del tiempo, mi abuela llegó y me encontró en medio de la sala, sobre el tapete rojo que ella misma cosió con sus manos, con la caja del señor. Recortes de periódico y fotos por todos lados. Yo pensé que me iba a pegar o que se iba a poner de mal genio, pero me desorientó su reacción más bien tranquila. Usted conoce más que nadie el genio de la señora Inés, jajaja. La abuela se sentó en el tapete junto a mí. No decía una sola palabra, solo miraba y volvía a mirar una y otra vez cada uno de los recuerdos. «Los ojos hablan», decía siempre. Me miró con profunda tristeza. Me preguntó dónde había encontrado la caja y me dijo que pensaba que ya no existía. Le contesté que en el cuarto de San Alejo y que la había guardado por años sin que nadie supiera. Su mirada volvió a hablar y sentí que me indultó y, además, me agradeció por conservarla. Me contó que es lo único que le quedó de usted, a pesar de pensar que la caja se había perdido.

Siguió leyendo cada uno de los diarios y me empezó a hablar del torneo: que el campeonato empezó por la gestión de los residentes de los barrios Olaya y Centenario para entretenerse en la época decembrina. Comprobé de su boca que sí, que el fútbol es de la gente y no de los directivos ni de los empresarios, tema que se discute mucho en esta época. Usted fue un promotor incansable, me contó, y junto a los Morales, los Heredia, los Acuña y los González ayudó a construir el barrio a través del fútbol. En un principio fueron cuatro equipos, ella los recordó uno a uno. Qué memoria, ¿no cree? La Sastrería Navarrete, la Sastrería Progreso, «el Club Deportivo Olaya de mi corazón», así lo dijo, y Centenario, con su equipo Sporting Zaid.

Yo sé que usted también fue parte de esta historia, se le nota la emoción contenida, puedo ver cómo su rostro sonríe al son de mis palabras. «Recordar es vivir», como dicen por ahí. También me contó que en esa época y en los años venideros el torneo se volvió muy popular. Venían las mejores plumas y voces del periodismo criollo a cubrir cada uno de los partidos. Me dijo que incluso jugadores profesionales hacían parte de las plantillas, entre ellos un tal Dragoslav Sekularac, tormento de las mujeres, así tal cual lo dijo mi viejita. Que la FIFA, ¡la FIFA!, reconoció el torneo. Con qué orgullo me contaba cada una de esas cosas. Me dijo también que el puesto de fritanga que tenían cuando compartieron vida juntos, y que después reabrió con su vuelta al barrio con más éxito, junto al córner de la calle 24, se hizo famoso por su deliciosa morcilla. En diciembre hacía su agosto y con eso alcanzaba para solventar los gastos de la casa y sobraba alguito. Con tristeza también me contó que con el paso de los años el torneo empezó a perder importancia: el nivel bajó, ya no prestaban a las figuras del fútbol profesional colombiano. Mi papá también fue campeón con sus colores, señor, en diciembre del 85 al 86. Por ahí guardo una grabación de Todelar[2] en la que entrevistan a mi papá el día de la final. Pero nada como usted, porque por usted hoy soy lo que soy. Bueno, en cuanto a mis sueños, porque mi abuela fue la que me hizo lo que soy como persona, sus consejos siempre me han llevado de la mano.

Por eso le digo que yo crecí queriendo ser como usted, el fútbol nos ha unido siempre. A mí me tocaron las bodas de oro, me dijo mi abuela con una felicidad disfrazada de recuerdo triste. No sé si su interior hablaba de ustedes dos, pero lo dijo con orgullo. Me dio la bendición en mi debut y se sentó cada uno de los partidos en la tribuna, porque ya hay tribunas, señor.

Yo jugué para la selección Bogotá. Ese año, por la celebración de los cincuenta años, se jugó un octogonal y no el tradicional hexagonal. Yo quería jugarlo con la camiseta blanca con franjas verticales negras, pero la convocatoria a la selección me lo impidió. Y como deber familiar y una bondad del destino con mi abuela, salí campeón. No se imagina su felicidad. Ella siempre me dijo que yo podía llegar a ser jugador profesional, ganar todos esos torneos importantes que pasan por la televisión cada tres días donde juegan

2 Cadena de radio colombiana fundada en 1953.

los mejores jugadores del mundo, pero que ganar el hexagonal del Olaya iba a ser para ella el mejor regalo, su mayor orgullo. Se lo cumplí con otros colores, pero se lo cumplí. Yo sé, estoy seguro, nunca me lo dijo, pero a ella le hubiera gustado verme dar la vuelta olímpica donde usted la dio con los colores de su barrio, de su corazón. Los compromisos con el club inglés no me lo permitieron. Por mucho que le rogué nunca fue a verme a otro estadio. Para ella, haberme visto jugar en el Olaya ya le bastaba. Falleció hace un par de años. Se fue feliz, con la sonrisa que tienen aquellos con el deber cumplido. Sacó adelante a sus cuatro hijos, vio a sus nietos, se murió amando al único hombre que, con el dorsal 7, la hizo sentir orgullosa y que, por más cosas del destino, siempre amó.

Perdóneme por esas lágrimas que le estoy arrancando y perdóneme por lo que le voy a pedir. Usted puede negarse, por supuesto. Yo sé que los fantasmas están ahí y supongo que por eso nunca volvió y se alejó lo más que pudo del sur y del barrio. Pero mire, cuando después de muchas búsquedas infructuosas, por fin en este diciembre, a tres días de empezar el hexagonal del Olaya, me dijeron dónde podía encontrarlo, lo decidí. Hablé con mi club en Londres, haciendo hincapié en la bondad que estaba teniendo la vida conmigo y pedí un permiso especial, casi rogando y enfatizando que casi nueve años de haber jugado el torneo que me llevó al fútbol profesional iba a tener la oportunidad de usar, por fin, el dorsal 7 de la camiseta blanca con rayas negras. ¿Puede usted, señor, acompañarme desde la tribuna en la condición de abuelo?

El secreto de mi eterno retorno

Yo sé que uno no puede dividir su corazón en dos; al igual que con las mujeres, solo se le entrega toda la vida a la indicada, la que nos endereza el camino para el resto de la eternidad. Pero lo que yo viví la madrugada del 28 de noviembre de 2000 fue como tener mariposas en el estómago. Mi papá me hizo hincha de Millonarios desde los cinco años. Recuerdo que mi primer partido en el estadio fue con él y mi hermana. Tendríamos cinco y cuatro años la Negra y yo. El partido no terminó muy bien para mi papá, pues el primer gol de Millonarios se ahogó en el llanto interminable de mi hermana y tuvimos que salirnos mucho antes de que el encuentro terminara. En casa mi mamá es de Santa Fe, La oveja negra de la familia, no solo de la nuestra, sino también de la de ella. Sus cinco hermanas y su hermano son de Millonarios, Su papá —mi abuelo— también, y su mamá azul como el cielo. Como ven, crecí azul y con las máximas de «Millonarios es el equipo que más títulos tiene en Colombia», «el Ballet Azul» y un par más que sedujeron mi inocencia. Por eso, mi traición inconfesa se me atragantaba en el alma y no tenía retorno.

Pero es que si pudiera repetir ese momento infinitas veces me quedaría a vivir en ese recuerdo por el resto de mi vida. Tan solo puedo apelar a mi memoria para viajar a ese lugar feliz. Porque es tan inexplicable el continuo de la existencia que el pasado, los recuerdos, son el mecanismo de defensa que tiene el ser humano para asumir, muchas veces, con resignación, el presente. Nietzsche con el eterno retorno dejó en el espacio la idea de que todos los acontecimientos se puedan repetir por siempre. Sin embargo, con sus muchas interpretaciones, yo me quedo con la mía. Ya sea algo digno de revivir o deseado de olvidar. Su posibilidad abre un camino que seduce a la realidad, y mientras la vida es fugacidad, nacimiento, duración y muerte; los recuerdos hablan, *per se*, un lenguaje sobre la visión cíclica del tiempo. Aquí bebo yo de su idea, en la que el eterno retorno solo puede ser posible en la memoria. Es la única vía para «retornar» en el carácter irreversible del tiempo.

Yo había visto en televisión que se jugaba una final entre dos campeones continentales en la que había un sudamericano. Un equipo argentino que, además, me había tocado por sorteo en el torneo interno de la escuelita de fútbol del club de Ecopetrol del cual salí campeón. ¡Qué casualidad inexplicable! Me preparé, teniendo en cuenta la diferencia de horario, para poder ver el partido. A los nueve años manejar los husos horarios no resulta fácil, más si tus padres están constantemente revisando que no se observe ningún tipo de luz por debajo de la puerta del cuarto. Fue una larga noche, sobre todo por la ansiedad que genera la espera, y es que el lío no era con cualquiera, era con el más grande de Europa. A ese gigante sí que lo conocía, con todas sus estrellas.

Casi siempre uno es el protagonista de sus recuerdos, pero en este caso, y por muy raro que suene, yo solo era un espectador. Doblemente espectador, porque estaba a miles de kilómetros de distancia frente a un antiguo televisor Panasonic negro que tenía un botón rojo que nunca se apagaba —ni encendido ni apagado dejaba de alumbrar—, de esos que son incómodos para dormir porque te causa cierta molestia luminosa que impide el descanso con tranquilidad. Sin embargo, en algún momento el sueño me venció, olvidando así poner la alarma media hora antes de empezar el encuentro para entrar en la previa.

El frío en las madrugadas de mi ciudad, Bogotá, es gris y casi insoportable sin un buen pijama. Pero yo soy de los que duerme con el uniforme del fútbol viejo que quedó del año anterior. Por eso creo, sin dudas, que el hecho de no poseer la indumentaria adecuada para dormir ese día, y justo ese día, haya sido el culpable del milagro más hermoso. Sobre todo porque haber vivido siempre en la misma ciudad hace que ese tipo de normalidades meteorológicas pasen a un segundo plano. El dulce helaje me despertó, no en los treinta minutos antes, pero sí en los himnos. Agradecí al chiflón helado que entró por mis cobijas desde los pies hasta la cabeza por el soplo, recordatorio que tuvo conmigo aquella noche que se convirtió en mi eterno retorno.

Tengo tan cinematográficamente filmado ese momento en mi cabeza que el plano secuencia cámara en mano que va mostrando las caras de los jugadores es de los más bellos que he visto. Ni el plano de *Sed de mal,* de Orson Welles, tiene tanto protagonista bello. De memoria me acuerdo del once: Córdoba; Ibarra, Bermúdez, Traverso, Matellán; Battaglia, Serna, Basualdo; Riquelme; Palermo y Delgado. Tres colombianos, tres en el once… Bueno, cuatro con el árbitro que también era colombiano, Óscar Julián Ruiz.

A los dos minutos, los madrugaron, como la madrugada en que yo estaba frente al televisor. Una mala entrega de los blancos, el 5, Chicho querido, la entrega de primera a Matellán, que mete un pase en profundidad a espalda del lateral rival; recibe el Chelo, que se adentra en el área, lentos los centrales contrarios en la cobertura, centra con zurda, un pase para que solo tuviera que empujarla, y en la primera que tocó, como el mismo Vignolo lo narró, el 9, el Loco, la metió. 1-0 en dos minutos. Fue algo raro lo que sentí. No lo grité, pero el intento de desahogo me quemó por dentro. Nunca antes había sentido la necesidad vital de gritar un gol. Ni en un partido de Millonarios. A pesar del deseo de soltar el grito sagrado, lo callé, primero porque a esa hora un sonido desmedido proveniente de mi garganta dejaría a mis viejos patas arriba, y segundo porque uno no grita goles de otro equipo. Pensaba en mi inocente fidelidad.

Sacaron del medio y, como una avanzada militar, se fueron a buscar el empate, pero los de este lado del charco estaban derechos. En bloque, corriendo cada pelota. Sin arrugarse, jugando de tú a tú. El segundo vino cuatro minutos después; en seis minutos, 2-0. Sacó Roberto Carlos un saque de banda, largo como él los solía lanzar al área. Raúl pivoteó mal con un Traverso que le comía la espalda, Chicho y Basualdo ganaron el rebote, Basualdo tocó para el último 10, el Torero. Control orientado de Juan Román Riquelme que metió un pase precioso de 40 metros a la espalda de Hierro y Geremi que controla Martín habilitado. «Palermo para el segundo, Palermo para el segundo». Otra vez me pegué a la narración de Vignolo y el Titán cruzó de izquierda al segundo palo dejando en el piso a un joven Casillas. Acá ya no hubo vuelta atrás y «¡Gooooooooooooooooool, goooooooooooooooooooooooo ool!». Mi voz se fundió con los 5000 hinchas que viajaron a Tokio. Se me olvidó la hora, se me olvido el silencio de la noche, se me olvidaron mis papás a dos puertas de mi habitación.

Volví en mí cuando escuché el grito de mi mamá: «¿Qué pasó, Ricardo Alberto?». No contesté nada, guardé silencio y me tapé con la cobija por si entraba por la puerta chancleta en mano por haberla despertado con semejante grito. Un susurro indetectable se oyó en el cuarto donde ellos dormían. No sé bien qué palabras fueron, pero calmaron a mi vieja. A los once minutos descontó Roberto Carlos con un golazo, pero no me asusté, a pesar de que el partido se fue complicando con el paso de los minutos. En esa edad no se entiende mucho de fútbol, sin embargo, años más tarde y después de ver el partido al menos cinco veces, tampoco siento miedo.

Es cierto que el Madrid se hizo dueño de la pelota, eso sí, sin generar muchas ocasiones. Las que tuvo encontró a Óscar Córdoba bien parado o la mala puntería de sus delanteros. La suerte del campeón. Boca, por su lado, se replegó. A veces ordenado, a veces en caos, pero con mucho sacrificio. Bermúdez, Matellán, Ibarra y Traverso defendieron bien el área. Chicho repartió un par de patadas. Basualdo y Battaglia fueron apoyo en fase ofensiva y defensiva. El Chelo la rompió toda, corrió por todo el frente de ataque haciéndose indetectable. Palermo y sus dos goles. Y Román, para mí el mejor esa noche en Japón, hizo lo que quiso, Bailó a todo el Madrid, en especial a Makelele; no se la podían sacar de los pies, la protegió como nunca, o más bien, como siempre. Flotaba en la cancha, La descosió toda el Torero. ¡Qué equipo armaste, *Virrey* Carlos Bianchi! Óscar Julián Ruiz se llevó el pito a la boca. El partido había terminado y yo me había enamorado para siempre, había bebido del amor eterno, del que nunca es infiel. En otras palabras, mi infidelidad estaba consumada. Mi corazón ya era azul y oro.

Escuché que mi papá se había levantado, siempre era el primero. Iba a la cocina, traía cuatro bananos e iba repartiéndolos cuarto por cuarto. Mi hermana los odiaba. Abrió la puerta de mi habitación y me encontró despierto con lágrimas en los ojos mirando al Patrón Bermúdez alzando la Copa Intercontinental. No dijo nada del partido, me entregó el banano y me dijo lo de siempre: «se lo come todo». Pasaron un par de días, meses y tres años hasta que una mañana de 2003, después de ver otra vez a Boca campeón de la Intercontinental, lo decidí. Ya tenía doce años. Misma escena: volvió a entrar con el banano de todas las mañanas, pero esta vez

Cagna estaba con la copa en sus manos. Le dije, con un poco de arrepentimiento, como toda infidelidad:

—Papá, creo que yo no soy hincha de Millonarios, soy hincha de Boca Juniors.

—Ya lo sabía —me dijo mirándome con ternura— Por eso, esa madrugada del título de Boca contra el Real Madrid, que yo también estaba viendo, cuando tu mamá preguntó de mal genio «¿Qué pasó, Ricardo Alberto?», no me asusté, sabía que ese grito de gol había salido desde lo más profundo de tu corazón. Y antes de que Pilar —así se llama mi mamá— saliera chancleta en mano, le susurré: «nada, no pasa nada, que Ricardo es hincha de Boca».

Un mayo redondo

César Luis Menotti es de esos tipos que es música, poesía, política, cine, arte, literatura y cómo no; un hombre de fútbol. En unas cuantas charlas con su amigo Miguel Ángel Cappa, que transcurrieron entre cafés y tangos, dejó una máxima en esta historia, que es de las más bonitas: «El fútbol es un hecho cultural y resulta imposible negar su contenido ideológico. En cada cosa que hacemos, por otra parte, ponemos inevitablemente nuestra concepción de la sociedad, de la vida, del hombre. Y esa es una postura política en el sentido amplio de la palabra. No hablo de militar en un partido político, pero sí adherirse a tal o cual corriente ideológica».

León era un joven que, por talento y también por un poco de suerte, se convirtió en futbolista profesional. Vivía en París, Francia. Era un mediocampista elegante, de pase firme, podía ser volante creativo o de salida y siempre estaba bien posicionado a la hora de defender. Un adelantado a su tiempo. Hoy valdría 100 millones de euros fácilmente. Este parisino de nacimiento siempre tuvo en la cabeza que, si no hubiera sido futbolista, tal vez sería político, pero de los buenos.

Su padre, Tomás, militó en la resistencia durante la Segunda Guerra Mundial. Por otro lado, Rita, su madre, en una época en la que las mujeres eran marginadas y no tenían ningún derecho político, arriesgó su vida sirviendo a los aliados colaborando en el transporte de periódicos ilegales y ocultando soldados de la resistencia, entre otras heroicas acciones. Fruto de esta militancia conjunta nació el amor en tiempos de guerra. El padre y la madre de León se conocieron cuando ella lo ocultó dos semanas en su casa durante una operación.

Su idilio fue corto. Luego de compartir quince días, Tomás tuvo que volver al campo de batalla, pero París fue cómplice de un amor que en un futuro daría nacimiento a León. ¿Qué sería de León si los tanques, las bombas y la guerra no hubieran gestado ese amor? Él se fue, pero entre lágrimas le juró a Rita que volvería. En el último beso, justo antes de partir, prometieron que su hijo se llamaría León, en honor a León Trotsky, político y revolucionario ruso por quien sentían mutua admiración.

Para 1968 León disfrutaba de sus veintiún años. Sin embargo, su corta edad no le impidió convertirse en ídolo de su equipo y de la selección nacional francesa. Un joven de futuro prometedor que con diez presentaciones con la azul de su país ya daba de qué hablar en los diarios. En 1968 muchas cosas cambiaron para siempre. Por las calles de París se empezaba a respirar una tensa calma. Los estudiantes de las universidades decidieron tomar el rumbo de la sociedad francesa en sus manos y empezaron a rebelarse contra aquello con lo que no estaban de acuerdo. Así como en el fútbol, las pequeñas sociedades van a ser las protagonistas. El movimiento estudiantil y los obreros paralizaron París. Los adoquines se convirtieron en barricadas, las paredes en lienzos donde los grafitis gritaban consignas como «ser realistas: pedir lo imposible», «la imaginación al poder» y «cambiar la vida, transformar la sociedad».

En esa época los clubes no tenían independencia, debían obedecer por completo a la FFF, la Federación Francesa de Futbol, y las condiciones de contratación de los futbolistas era un tema que debía ser revisado. León comprendió que, de alguna manera, el fútbol, al ser un elemento de representatividad común y un fenómeno de masas, podía ser un medio para apoyar lo que sería un hito en la historia.

Se venía el clásico parisino y nuestro jugador tenía en la cabeza un plan pacifico, vale la pena aclarar. El campo de juego se convertiría en la mesa de debate. Durante ese partido y en las fechas siguientes, León compartiría y escucharía opiniones de rivales de los otros equipos sobre sus inquietudes con relación al fútbol francés, el rol de los clubes y temas laborales que los incluían como actores principales. Así pues, entre paredes, gambetas, tiros de esquina y tácticas se gestó el plan. El gol ya no sería en las redes sino en las calles.

Todo este plan se firmó con aquella bella frase que desarma las más duras rivalidades: «lo que pasa en la cancha, se queda en la cancha». De esta manera se aseguraba la discreción y la confidencialidad de lo que se estaba cocinando. Todos sabemos que pronto alguien rompería ese pacto y a los pocos días el rumor de un levantamiento de futbolistas llegó a oídos de los directivos que manejaban el negocio. León fue llamado a declarar por conspiración, pero como no lo podían encerrar, quedó libre. Eso sí, sin antes ser advertido de que de seguir con lo que ellos llamaron «fuera de lugar» sería suspendido como jugador profesional.

De inmediato, León corrió a casa de sus padres, quienes vivían en el Barrio Latino. Su madre lo recibió con una taza de café mientras veía en su rostro preocupación y miedo. León bebió todo de un sorbo.

Rita no pudo contener las ganas de saber qué le pasaba a su hijo.

—Cuéntame qué te pasa. ¿Por qué traes ese rostro? —hubo un silencio antes de que el padre volviera a la carga.

—Cuéntanos. ¿Qué te pasa?

León bajo la cabeza.

—¿Vale la pena luchar por un ideal así tus intereses personales se vayan a ver afectados? —inmediatamente su padre intentó saber más.

—¿Por qué la pregunta?

León no habría querido contarles sobre el movimiento que él mismo había iniciado. Comprendía que sus padres vivieron épocas difíciles durante la guerra y que volver a revivir y reabrir heridas que el tiempo curó era egoísta. Ya ellos habían luchado. Respiró y les habló del plan que había construido con los otros futbolistas. Sabía que de ellos saldrían las palabras que necesitaba escuchar.

Tomás se puso de pie con una sonrisa. Se dio la vuelta y caminó hacia la ventana que daba a la calle. Lo invitó a observar con él.

—Esos jóvenes que ves afuera son de diferentes lugares de Francia, de distintas razas y clases sociales —le dijo—. Mira hacia allá —señaló—. Esos son los obreros de las ensambladoras de unas empresas de carros. Ahora mira todo tu alrededor —León observó el lugar de esquina a esquina. Su padre siguió—-. Este barrio arropó a todos estos rebeldes y los está protegiendo. Todas esas personas que ves afuera están dejando de lado sus estudios, sus trabajos, su vida. ¿Para qué?

Tras un silencio. Rita se unió a la conversación.

—Mira, León, las revoluciones no son propiedad ni de los de derecha ni de los de izquierda, las revoluciones son de la gente. Las personas no son rebeldes porque quieren el poder, son rebeldes porque quieren generar cambios sociales. Los que están allá afuera están cogiendo la utopía en sus manos, y así sea durante un corto tiempo están viviendo en la sociedad en la cual les hubiera gustado vivir.

Los tres se abrazaron mirando hacia la calle y su padre terminó el discurso.

—El pueblo no puede ser indulgente con sus dirigentes, pero

tampoco puede creer que va a lograr cosas hermanado con la violencia. La resistencia poética es el camino —afirmó.

Como si sus palabras hubieran prendido fuego en su corazón, salió de casa de sus padres y caminó por las calles del Barrio Latino. El escenario no tenía nada que envidiarle a una producción de Broadway. Pupitres en las calles, faldas cortas, cabellos largos, gritos y arengas. El amor por la cultura de lo colectivo se respiraba en el aire. En la mañana del 22 de mayo de 1968 el edificio de la Federación Francesa de Fútbol amaneció como siempre, y lo que pensaban iba a ser un día normal más tarde se convertiría en una jornada histórica. Los jugadores de todos los equipos de la liga francesa tomaron el edificio pacíficamente, mientras descolgaban en los balcones de enfrente dos pancartas que inmortalizarían la lucha. Una decía «El fútbol para los futbolistas» y la otra «La Federación, propiedad de 600 000 futbolistas».

Por cuatro días la FFF fue protagonista del comité de acción de los futbolistas, que buscaba un acercamiento con los dirigentes y con el sindicato. En la mesa estaban intelectuales, periodistas, jugadores y exjugadores quienes presionaron para que se sentaran a negociar. El Mayo francés fue y será uno de los momentos de la historia que más cositas dejó que pensar. Las calles y las canchas por un momento y por un instante fueron uno solo. El levantamiento de los futbolistas no alcanzó los objetivos. El sindicato, como siempre, se vendió, y la revuelta se diluyó, pero los ecos sirvieron para sentar las bases de la organización actual de la liga francesa.

París se levantó, pero no desde las tribunas ni desde el palco para gritar un gol, sino desde los balcones para gritar que todo puede ser mejor.

AD10S zurdo

Yo no te pude despedir, la pandemia no me dejó y una común e inesperada enfermedad que me tomó por sorpresa me alejó de tu «último AD10S». Siento que no te dije muchas cosas, que no hablamos tanto de fútbol como me hubiera gustado y que te ignoré cuando el ajetreo de la vida no les deja espacio a las cosas realmente importantes. Pensar la muerte redimensiona nuestra existencia y nos pone en nuestro lugar. Porque es muy raro que las personas recuerden más a los que nos cuidan desde un plano cenital y no a los que están en vida.

No sé si lo supiste, tal vez no, pero yo crecí con las anécdotas que me contaban nuestros familiares sobre tus hazañas futbolísticas en el Barrio Spring de Bogotá. Eras tan bueno, según sus palabras, que tenías precio: todos los dueños de negocios, patrocinadores en los barrios, se peleaban para tenerte en sus equipos. Que tenías una zurda mágica, me contaron otros que se atrevían a ponerle adjetivos ostentosos a tu pierna izquierda. Que bailabas a los más grandes, dijeron los que conocieron tus épicas en las calles capitalinas. Yo, desde mi perplejidad, me imaginaba tus hazañas en la cabeza, qué linda es la imaginación, les da vida a las palabras.

Después de todo lo que pasó y que ya no sonríes con nosotros, me sigue pareciendo un sueño que no estés y que no te volveré a ver. Porque antes de asimilar, como parte del duelo que uno les tiene a los seres queridos, aparece la negación. El comentarse con los familiares que todavía no se puede creer y que de pronto un mensaje tuyo —«¿Quiubo, picao?», como me escribías— va a volver a aparecer en las pantallas del celular.

Somos una familia futbolera, podemos completar once fácilmente, tú lo sabes, pero no un equipo competitivo. Tuvimos el típico combinado meme que rueda por las redes sociales: contamos con el rústico, el mago, el gordo, el figuritas, el esposo de una tía que hace bulto, el *pelión*, el que no le gusta que lo cambien, el que organiza el equipo y poco juega, el que tiene cuatro pulmones, el portero que alguna vez fuimos todos y cada uno de los integrantes del equipo. Hasta técnico tuvimos, bueno, dos: mi papá y tu primo, que es como un tío para mí, la verdad. Aunque siempre nos faltó uno dentro de esa lista: el zurdo, y el zurdo eras tú. No hablamos mucho de eso, nunca te pregunté, pero yo comprendí con los años cómo una bala traicionera nos quitó la oportunidad a los más jóvenes de haberte visto jugar. A pesar del daño causado, te retiraron la de palo, como decimos en el fútbol, la derecha, la que servía como pie de apoyo para el disparo. La otra quedó intacta, los pocos contactos que te vi con el balón acentuaban el talento: sensibilidad y perfil, elegancia: una caricia a la número 5. Talento puro.

Es que tío, ser zurdo, para mí, es un don, es una misericordia que tiene Dios con los que nos gusta el fútbol. La tuvo contigo y qué pena no haber tirado una pared y que me hubieras dejado de cara con el arco de frente. Porque los zurdos son especiales, su pierna es educada, catedrática, sensible, exquisita, prodigiosa. Tienen, ustedes, los del perfil contrario, un pincel que va por el lienzo verde de manera desorientadoramente fascinante y a las pruebas me remito, tío. La primera zurda que me enamoró fue la de Rivaldo, año 2001 contra el Valencia, *hat-trick*, y uno de los mejores goles que han visto mis ojos por ejecución y técnica: óleo sobre tela. El Chino

Recoba también me enganchó a su pierna con su golpeo. *El mago de Gales*, Ryan Giggs, me hechizó en Old Trafford. Paulo Henrique Ganso, una zurda de culto. Messi, poco más que añadir. Y bueno, MARADONA, en altas. No sé si allá arriba tuviste la suerte de encontrártelo, creo que no, él está en el Olimpo, con su manejo excelso de la extremidad. En cambio, tú eras más de acá, de nosotros, orgulloso del talento criollo, siempre hincha de Millonarios y de la Selección Colombia. Nunca en contra, siempre apoyando al Ballet Azul de tus amores. En las buenas y en las malas.

Por eso hoy, en este trance onírico que me permite volver a verte y hablarte, y aunque no pronuncies ni una sola palabra y solo estés ahí en silencio, mirándome, sonriendo con la camiseta y la gorra azul y blanca, tengo que contarte que ya entendí, Luchito, por qué me decías que el mejor jugador colombiano de fútbol que viste fue Arley Betancourt mientras todos hablaban de James y del Pibe, pues el Mechi Candelo, como le decía mi tío a Arley, la tenía pegada al pie. Que siempre esperaste la vuelta de Andrés Chitiva y que Mayer Candelo podría jugar hasta los cuarenta años y su borde interno siempre iba a encontrar un pase gol o el ángulo del arco. Sí, al fin leí tus palabras, tu mensaje escondido. Te entendí, me convencí que ir en contravía está bien: los zurdos son un milagro para el fútbol, en ellos está la disrupción. Éxitos en tu carrera deportiva, mi zurdo de platino.

Los suegros

La presentación de las familias es un tema delicado, casi para tomar con pinzas. Cada pareja de orgullosos padres jala hacia el lado de su hijo o hija. No se conocen y, como todo lo desconocido, siempre trae incertidumbre y duda. Porque vamos a ver, en realidad uno es un intruso y, como nuevo integrante de la futura familia, las costumbres tienen que, como mínimo, rozar los bordes. Bordes que se vuelven un requisito indispensable para la aprobación o desaprobación del candidato que va llevar de la mano a su retoñito al altar. Condiciones que pasan desde la religión, el barrio donde vive, su nivel de educación, la censurada posición política y ya como para relajarse, y no menos IMPORTANTE, hincha de qué equipo.

Yo, por ejemplo, tengo disputas administrativas que solucionar con Dios, cosa que no me hace ateo, pero tampoco camandulero. Políticamente soy de los tibios, soy de un barrio popular y mi nivel de educación es normal: profesional con mucho sacrificio. En otros niveles socioeconómicos el amor responde al apellido, sin más. El apellido, si eres Santo Domingo, Carvajal o Peñaloza, completa todos los requisitos antes nombrados. Se sobreentiende que el candidato cumple con la lista sin entrevista previa. En esas familias el fútbol ni por las curvas. El deporte rey no es digno de esas conversaciones que se acompañan con whisky. Tal vez sea porque como, escribió Galeano, «el fútbol floreció en los barrios pobres» y lleva consigo una carga cultural que no comparten los del otro lado. Ojo, no es una crítica ni nada que tenga que ver con resentimiento alguno, es algo que por experiencia he visto.

Yo siempre le pedí a Dios, no sé si hice bien, un suegro futbolero. Parece que el tipo, por una bondad burocrática y también por una penitencia, me la tenía guardada por una petición un poco deshonesta que le hice una mañana de domingo: que si el 9 del equipo contrario tiraba por encima de los tres palos el penalti que nos eliminaría de la liga que jugamos con unos amigos el fin de semana, yo subiría Monserrate a pie a las cinco de la mañana. Él cumplió y yo no; las deudas hay que pagarlas, más con el de arriba. Entonces me lo entregó redondo al viejo José. Yo soy rolo,[3] y en la capital colombiana solo hay dos equipos: el primer campeón, Independiente Santa Fe, y el glorioso azul, Millonarios Fútbol Club. Hay otros más nuevos, pero no les digo mentiras, solo son esos dos, la historia no se puede borrar. Con todo respeto se los digo a los hinchas de La Equidad Seguros, pues llenar una cancha no se hace de un día para otro.

Volviendo a don José, el viejo me salió muy, pero muy, exagerada, loca, insoportablemente futbolero e hincha del Deportivo Cali. El tipo es de esos azucareros[4] a morir y, como todo hincha que ya ronda los setenta y tantos, afirma y reafirma que el fútbol de antes era mejor, ahora todos son modelos, «tatuados así como usted», dándoselas de malos «y en la cancha se cagan», me dijo un día. Que él ya vio todas las formaciones y las tácticas.

—Vea, joven —me dijo la primera vez que vimos un partido de fútbol—, el 3-5-2 no es nada nuevo, como intenta insinuar ese baboso comentarista. El doctor Bilardo lo inventó, lo usó y salió campeón del mundo en el 86 con esa formación. Sí, señores —les grita don José a los narradores, a los comentaristas.

3 Denominación para referirse a los bogotanos.
4 Fanático del Deportivo Cali.

Se descarga en insultos contra jugadores y técnicos y saca a las mamás de los árbitros de vez en cuando desde el viejo sillón de cuero Reclinomatic que le regalaron en su cumpleaños, para que pudiera ver sus partidos más cómodo. Tiene reposabrazos y en uno de ellos hay un huequito para poner un vaso de cerveza, hasta una mesa que se puede sacar y guardar para cuando los partidos son en hora de almuerzo, desayuno o cena. Mejor dicho, el tipo ve los partidos como en el palco del Parc des Princes. Tres millones de pesos les costó a las hijas el sillón que ocupa media sala.

Debo admitir que me gusta ver con él los partidos de su Deportivo Cali, me rio un montón. Los de la Selección Colombia los evito, uno, porque me gusta verlos con mi papá, y dos, porque prefiero evitar que me exilie de su casa.

Unos meses después de empezar a salir con Sara y de visitar su casa esporádicamente, la verdad es que me quedaba lo necesario, llegó el momento en que todo toma otro rumbo. No se me olvidará jamás. Estaba sentando en la sala esperando a que Sarita se acabara de arreglar; siempre fue muy demorada, como todas. Nosotros habíamos quedado en que solo entrara cuando estuviera lista y era entrada por salida. Ese día el viejo estaba viendo uno de esos programas deportivos de polémica y yo, por no tener la boca callada, aun cuando la pregunta ni siquiera era para mí, respondí cuando el presentador preguntó «¿quién es el mejor jugador de Colombia de todas las épocas?». Contesté en voz alta, para desgracia mía, que era James David Rodríguez, sin duda razonable «¿Quién?», me contrapreguntó el suegro sin mirarme.

—James Rodríguez —volví a contestar.

—¿Pero cómo James Rodríguez, joven? Se nota que solo ha visto fútbol los últimos veinte años.

—¿Y para usted quién es? —a lo que se me vino entonces un monólogo histórico tipo avalancha.

Cómo es de fácil encender a los viejos. De vez en cuando lo disfruto. la verdad, para sacarle la piedra lo puyo con algún comentario de fútbol o de política. Si vieran cómo se pone, jajaja. El man es godo y de vez en cuando grito «que viva el partido liberal» solo para verlo echar madres y que le grite a Sara «dígale a ese muchacho que no me caliente».

—Yo solo hablo de los jugadores del Depor —comenzó—, porque de los jugadores de los otros equipos, a menos que se pongan la tricolor, no merecen mi admiración —pensé que me iba a hablar solo del tema central, la Selección Colombia y sus caudillos. pero los que debatimos de fútbol sabemos que los colores hablan mucho más fuerte—. Se es más hincha del club que de la selección nacional; que no quepa la menor duda, y es así, y el que diga lo contrario es un mentiroso que se las quiere dar de patriota.

»Vea, joven, usted no lo vio obviamente. Oswaldo *el Pescaíto* Calero; le decían así porque nació en Pescaíto, el mismo barrio de Santa Marta de donde es el *crack* Pibe Valderrama, pero ese sí era *crack*; ahora le dicen así a cualquiera; el Mono detenía el tiempo para acelerar la jugada. De Pescaíto también es Eduardo Retat. Ese barrio era una cantera, mijo. No como la Sarmiento Lora, pero cuna de talentos. Ese Pescaíto era guapo pa jugar, no se achicaba y además jugaba bien. Campeón con el Cali en el 74 —qué memoria tienen los viejos con el fútbol, se pueden aprender las nóminas del equipo que vieron campeón y no la lista del mercado.

»Pedro Zape, Alberto Cardacci, Álvaro Contreras, Miguel Escobar, Fernando *el Pecoso* Castro, este sí que tenía huevos para jugar esa vaina, Oswaldo *Pescaíto* Calero, Jairo *el Maestrico* Arboleda,

Ángel María Torres, Arístides del Puerto, Abel Da Graca, Eladio Reyes, Henry *la Mosca* Caicedo, Hebert Barona, Norman Emilio *el Barby* Ortiz, Germán *Burrito* González, subcampeón con la Selección Colombia en la Copa América del 75. Esa fue una Copa América que no tuvo sede, por si no sabía —me pulló. De vez en cuando él también me tiraba alguna para tentarme—. Se jugó con partidos de ida y vuelta. Perdimos con Perú la final, el Nene Cubillas fue el mejor jugador. Para mí el mejor fue Willington, pero el título defendió la decisión. Ese negro, Willington, sí que jugaba y corría.

El viejo solo tuvo hijas, tres, más mi suegra, cuatro mujeres rodeaban su familia. Las dos menores, veinte y dieciocho cada una, no habían querido llevar novio, el man es muy celoso. Sara, mi novia, de veinticinco años, ya había llevado a dos, unos tontarrones como dice el viejo cuando los recuerda. Un músico que tocaba la batería en un grupo de rock y un intelectual de mochila, barba y gafas que estudiaba Filosofía. Yo llegué hace poco a la familia, un año si no estoy mal.

La primera vez que fui, Sara me advirtió que su papá era un poco complicado. Había sido militar, ya se imaginarán el régimen. «Dios y patria», leí en la puerta de su casa el día de la presentación. Entramos, Sara dijo «les presento a mi novio». Les di mi nombre y apellido como me enseñó mi abuela. «Buenas tardes», beso corto a la mamá y a las hermanas, y apretón de manos a don José. Me acuerdo que pasamos a la sala. La mamá dijo «ayúdenme con los platos, que ya está el almuerzo» y yo le apreté la mano a Sara para que no me dejara solo con el viejo. Ella sabía que yo estaba nervioso, pero la muy chistosa de pura maldad se paró y se fue. Nos quedamos los dos sentados uno al frente del otro, parecía un tiro penal, pero sin esos arqueros que hablan para desconectar al pateador. Tres minutos habrán pasado y solo se oían los pájaros, eso sí, el viejo no me quitaba la mirada y yo solo sonreía y miraba a mi alrededor. De tantos giros que hice con mi cabeza escaneando el lugar para buscar alguna pregunta que rompiera el hielo sabía cuántos portarretratos tenían en toda la sala, créanme, eran muchos. Pero se me apareció el señor de los milagros, literalmente. Al fondo, al lado de la Reclinomatic, había una mesa con una imagen del patrón de Buga, dos velas y un reloj del Deportivo Cali tallado en piedra.

—¿Hincha del Cali? —pregunté en voz baja, por los nervios.

—Del Deportivo Cali, sí señor —acentuando el «Deportivo».

—Ganaron ayer, ¿no? Buen partido hicieron.

—Sí, ese Poderoso de la Montaña[5] va mal y nosotros peleando por título y rumbo a Libertadores.

No me preguntó de qué equipo era hincha, y hasta mejor, porque el primer día pude ganármelo. Por un minuto agradecí al cielo y pensé «si le gusta el fútbol, por ahí me meto y listo». El problema es que don José, como ya conté, es enfermo por el balompié, pero sobre todo por el Cali. No voy a seguir más con ese día porque eso es otro cuento. Y lo importante acá es lo que pasó después.

Don José hizo una pausa en su relato y le pidió una cerveza a Gloria, mi suegra.

—Regáleme una cerveza y otra para el joven, Gloria —el monólogo necesitaba mojar la palabra. Muteó el televisor cuando empezó Eduardo Luis[6]—. Este tipo no le llega ni a los talones a Edgar Perea en la narración —dijo sin compasión—. Vea, Abel Da Graca apodado Porcelana, ese sí sabía cómo tratar el balón. Ricardo Ruiz Moreno, argentino, Cocosho y Torres sí eran un tridente. Fuimos subcampeones de la Libertadores en el 78 de la mano del

5 Deportivo Independiente Medellín.
6 Eduardo Luis López, comentarista Deportivo.

Doctor Bilardo, que Dios lo cuide siempre. No como la MSN o la BBC —cuando dijo esto pensé «este tipo está loco».

»Si quiere saber qué es tener cabeza fría para cobrar penaltis, tendría que haber visto al *Gallo* Martín Zapata. De tres dedos, no como le dicen ahora elegantemente, «con el borde externo», no señor, de tres dedos y a sacar del medio; lástima que en el 99 dudó y pateó de otra manera, con el interno, y perdimos la final de la Copa Libertadores con el Palmeiras. Hamilton Ricard, un delantero enigmático, también nuestro y con calidad de exportación, o si no pregunte allá en Inglaterra. No, *pelao* —cuando me dijo *pelao* sentí que se distensionó. Creo que también con cuatro mujeres en la casa hablar de fútbol y que le presten atención no debe ser tarea fácil. Todo eso se va reprimiendo. Los exabruptos futboleros tienen que salir, toca sacarlos, contarlos, compartirlos. Hablar de fútbol debería ser un deporte.

»Jorge *el Mortero* Aravena, chileno, ese sí que le pegaba duro al balón. Mira Ricky —tomó un sorbo de cerveza y la puso entre sus piernas—, el número 10 no se le da a cualquiera, usted lo debe saber, el 10 toca lucirlo. Óscar Pareja le sacó grasa a ese número. Si la memoria no me falla, entre el 95 y el 98. El *Finaíto* Calero, cómo lloré cuando se murió Miguelito, para mí uno de los tres mejores arqueros que ha tenido nuestro fútbol. Ese sí que volaba como el cóndor de los Andes. Y así muchos, Ricardito —sentí que al llamarme así él se estaba reconciliando con la vida, hasta me sentí el hijo varón que nunca tuvo. Estaba sacando todo lo que llevaba adentro—. El profe Redín, calidoso y de pie fino, cuando se juntó con el Pibe Valderrama crearon una de las mejores duplas que ha visto este suelo. Alexander Viveros; lateral de ida y vuelta, metía unos centros de parábolas geométricas. A Sergio *Checho* Angulo, Mayer *el Mago* Candelo y Arley *Mechi Candelo* Betancourt los meto dentro esta lista, que guardo en mi corazón, con algo de rencor, como a Redín, pero Bernardo me hizo disfrutar más y por eso lo indulto. Dígame, ¿cómo se van a poner la camiseta del América? De los de ahora, *el Chino* Santos Borré, ese es un verraco, él solito nos regaló la novena estrella.

Yo no pronuncié palabra alguna durante su larga intervención, a lo mucho balbuceé algún «sí», «de verdad» o un movimiento de cabeza simulando entendimiento. Sin embargo, la disfruté. Rescatar por medio de la tradición oral esas bellas épocas del fútbol que uno no vivió tiene su magia. Imaginarse cómo jugaban esas viejas glorias por medio de sus descripciones pomposas. Sobre todo, algo que me parece muy curioso y no deja de ser un placer para la imaginación es que por medio de los apodos se describen las cualidades físicas o técnicas de las figuras. El caso es que después de ese repaso por la gloriosa historia del Deportivo Cali, me las vi negras cuando mi suegra llegó y me dijo que ya era hora de conocer a mis papás: me propuso hacer un asado en casa el sábado y así se conocían las familias. Claro, el domingo no, el domingo es el día del Señor, la misa y el culto. ¿El sábado? Ese día juega Millonarios versus Cali, el partido que define quién se afirma con el cupo a la Libertadores.

—Pues lo ven los tres acá —dijo doña Gloria.

—El papá de Ricardo será como yo y querrá verlo en el sofá de su casa —contestó el viejo José.

—¿Y qué pasa? Mejor, hasta de pronto son hinchas del mismo equipo, ¿o no mijo?

—No, doña Gloria, mi papá es de Millonarios —contesté al instante.

—Ve, eso es para terminar peleando, usted sabe que yo me caliento, si fuera otro partido...

—Yo opino lo mismo, suegrita.

—Que no, que ya son un par de viejos hechos y derechos, imposible que no puedan ver un partido juntos. El sábado y punto. ¿Habla usted con ellos o los llamo yo?

Uno sabe que esos partidos se ven solos o con hinchas del mismo equipo porque se prestan para bromas o chistes de mal gusto. No es fácil ver cómo el otro grita gol desmesuradamente justo al lado de uno. Y se grita más duro cuando hay un rival cerca, no nos hagamos los buenos. Por las otras diferencias no me preocupé tanto. Mi papá es liberal, pero bueno, a esa edad ya se respetan las posiciones políticas; esas rencillas del pasado se han ido evaporando con el tiempo. Por otro lado, mi papá es cristiano. Les he escuchado a los dos, en la intimidad de una charla, críticas sobre las doctrinas del catolicismo y sobre el cristianismo. ¿Y qué?, en últimas es el mismo Dios. Solución: no se habla de política ni de religión. ¿Y el tema partido qué?

Al día siguiente hablé con mis viejos y mi papá, al igual que don José, lo dudó, pero mi mamá, como doña Gloria, opinó lo mismo. Esos dos días se pasaron apocalípticamente. Sábado, el día D. Llegamos a la casa de mis suegros. Mi viejo con la camiseta de Millonarios, fue imposible que se pusiera otra cosa. Mi papá es resabiado y el día que juega Millos se pone la azul por ley. Se abrió la puerta, estaba don José con la verde del Cali y de una vez con los taches arriba. Se miraron con fijeza, se dieron la mano y mientras se daban ese apretón don José pregunto:

—Señor Rodríguez, ¿quién ha sido el mejor jugador de la historia de Colombia?

—El señor Faustino Asprilla —contestó mi papá sin pensarlo mucho.

—Ve joven, ahí le contesto yo de paso. Su papá es un tipo que sí sabe de fútbol.

Frente al pelotón de fusilamiento

Hay frases o párrafos de libros que se guardan en la memoria, sobre todo aquellos con los que se hace la apertura. Se subrayan inconscientemente, ahí está la magia. Porque no es que uno diga «ay, me gustó esta frase, voy a repetirla diez veces hasta que me la aprenda». La vaina no funciona así. La literatura, como las artes en general, representan el valor de lo eterno, de lo que perdura para siempre siendo testimonio de acontecimientos históricos, bíblicos, estados mentales de los artistas, entre muchas otras razones. Y así como el arte ha sobrevivido para ser testigo, la memoria humana es el fideicomiso que tenemos para guardar en la eternidad y revivir esos momentos que nos permiten volver, recordar, disfrutar y hasta para describir un tema demasiado banal para compararlo con el arte, como en este caso. La memoria es testimonio vivo. Por eso, mientras intentaba buscar la manera de empezar este relato, apareció Gabo y la frase con la que inicia la novela que le dio el Nobel: «Muchos años después, frente al pelotón de fusilamiento».

Gabo junto al coronel Aureliano Buendía me cuestionaron sobre si estar frente a un pelotón de fusilamiento podría ejemplificar, o al menos rozar, lo que significa para un arquero estar solo entre los tres palos frente a cinco tipos en una final, en la que, si pudieran, los cobradores lo meterían de un bombazo con todo y balón adentro del arco. Yo creo que sí, y lo voy a explicar con el permiso del lector.

Las finales se definen, después de noventa minutos de batalla, con una tanda de cinco lanzamientos desde el tiro penal. Ojo a la palabra «tiros». Pueden ser más si al cabo de los cinco cobros el pleito sigue empatado. Con el pitido final del personaje que representa la muerte, porque el que pita va de negro, llega el suplicio. El primer paso es escoger a los ejecutores. Ojo a la palabra «ejecutores». Son cinco: casi siempre el primero que cobra es el mejor cobrador; para asegurar; el segundo y el tercero son buenos, practican en la semana muchos cobros. El cuarto es el que dijo que quería patear ante la indecisión del técnico sobre a quién darle la responsabilidad. Y el quinto es el *crack*, el mejor del equipo. Mientras, en otro lugar, está él, con un par de guantes que son su única arma de defensa. El entrenador de arqueros toma con sus dos manos la cara de su pupilo y lo tranquiliza, escucha y aconseja. Se apiada de su alma solitaria. Luego se entrega la lista a los ayudantes del árbitro.

El pelotón de fusilamiento son once tipos, veintidós para ser más exactos, once amigos y once enemigos que se ubican en la mitad de la cancha, de los cuales dos se paran frente al ejecutor, uno por bando. El resto se entrelaza en un abrazo lateral hombro con hombro en un cruce de brazos que forma una barricada moral fuerte, optimista y nerviosa. Otros equipos prefieren arrodillarse, en un acto casi religioso, como pidiendo clemencia, aunque de igual manera se entrelazan lateralmente. En algunas ocasiones, casi siempre, hay uno o dos, los más nerviosos, que se desentienden de la formación porque prefieren mirar hacia el arco contrario donde se están dando los hechos. A esos no los soporto, son unos cagones, si a ellos no son los que están matando a balonazos ni están poniendo el pecho. De esos líbrame en mi equipo, Señor.

Ahora viene la caminata de la muerte. Ya cada jugador sabe qué turno tiene para apretar el gatillo. ¡Ah!, me olvidé de algo no menos importante: el sorteo. Esto es importante porque decide quién patea primero. Por ejemplo, yo tuve un técnico, el profe Luis Gerónimo López, que nos decía «siempre escojan patear de últimos. Motiva más patear sabiendo que el anterior falló y así, de forma sucesiva, hasta que nosotros cerremos la tanda. El que patea el primer penalti lleva una carga emocional muy grande y casi siempre el primero o lo tapa el arquero o lo botan, y así se empiezan a caer las fichas de dominó. Se van quedando sin balas». Era un viejo desconfiado pero muy sabio con muchas mañanas dentro de la cancha. «Todo suma», decía.

Bueno, los tipos, por turnos, arrancan esa caminata eterna hacia el punto penal dispuestos a fusilar al portero. Siempre me he preguntado qué van pensando. Yo creo que no piensan, tan solo se desconectan y la inercia los lleva de la mano. Si piensas, la botas. Como todo en la vida. No pensar da claridad, vivir en automático y listo. Hermano. ¿Qué fácil, no? Por eso, creo yo, pensarán: «si lo boto, confío en que mi arquero al menos tape uno». ¿Y si no lo tapa? El fusilamiento será por parte de su propio equipo, así no lo demuestren, se dirá camerino adentro que no tapó ninguno, que se afanó al tirarse y un poco de palabras sin compasión. Porque los arqueros tienen eso, siempre están condenados al paredón. Pueden salvar las cagadas de todos durante 86 minutos, pero si en un minuto les hacen un gol por una rara curva que toma el esférico, se borran todas las buenas.

El que carga la tarjeta roja le entrega la pelota al cobrador. No sé, pero he escuchado que en los fusilamientos permiten que el condenado dé sus últimas palabras. Acá el arquero, el condenado, no necesita de esa bondad. Ellos saben que no van a tener piedad y se imponen anárquicamente, hablando, insultando, molestando, acercándose al cobrador para intimidarlo, queriendo persuadir la ejecución con frases de manual, señalando el palo y diciendo «tíramela ahí, que te la tapo», «si lo cambia lo bota», «este la bota, está cagado, se le ve en los ojos», entre otras. Los ejecutores son malos, pero no malos técnicamente. Hay unos que empujan al fondo del ridículo a los arqueros pateando a lo Panenka, como el de Abreu a Ghana. Otros les revientan el arco, como el Bombardero Valenciano. Unos pocos, los finos, los engañan y la pelota va a parar a la red dejando al portero escurrido con toda su humanidad hacia el otro palo. Por otro lado, y son muy selectos, están los francotiradores como Ortigoza; con esos la contienda está perdida de antemano.

El árbitro manda al golero hacia al arco, a la soledad del área que dejan los 7,32 metros de ancho por 2,44 de alto, dentro de los tres palos. Por ahí cabe un elefante, señores. Ese paredón es el más injusto de los estrados. O sales libre de culpa o lo haces culpable. El arco, si usted lo ve, desde el protagonismo del cobrador, es un horizonte. Por más que el arquero abra los brazos, el espacio para introducir la pelota es descomunal. Imagínese usted por un minuto estar ahí parado, encima de la raya que marca el destino con la responsabilidad de tapar al menos uno para no morir en el círculo de los insultos de los hinchas.

Es inmerecido el trato, incluso en el fútbol amateur, donde la inquisición se paga, en el «tercer tiempo», comprando un par de cervezas entre risas por el error cometido. Aunque no deja de ser molesto escuchar desde afuera «ese arquero es una tanga, pateen de lejos que ese arquero es malo, ese es un manos de mantequilla». Pero claro, tapan el penalti en la final y todos lo abrazan. O díganme, ¿hacia dónde corren los jugadores cuando se gana una final con una actuación memorable del portero? Pero si se pierde esa final, nadie se acuerda del número 1.

Todos se echan a llorar en la mitad de la cancha mientras al condenado le celebran el triunfo en la cara. Solo uno saldrá vivo del fusilamiento, y como todos los arqueros han pasado así sea una vez por el paredón y han salido sin vida, siempre verán al portero contrario consolando a su colega. Incluso ahora son más usados, son parte de la salida de balón y los comentaristas dicen «qué bueno es ese arquero con los pies», «activa compañeros con esos envíos largos», «filtra entre líneas balones que ayudan a la progresión». Pero donde se manden una que cueste un gol, salen en el diario del lunes. Otro jugador hace una de esas y no pasa nada, un gol arregla todo. Y si no, pregúntenle a René Higuita. Todavía carga esa cruz y hace cuánto que paso.

El verdugo pone la pelota en el punto penal. En el barrio se tendrían que contar los doce pasos una y otra vez. Debido a una estupidez, pero así es donde el reglamento no rige, porque las medias de los pasos son tema de discusión: que este da los pasos más largos, que esté más cortos y está más cerca. En cambio, en el fútbol profesional todo está sistematizado. En el punto son los doce, listo. El cobrador toma carrera, el juez —ojo a la palabra «juez»—, da la orden —ojo a la palabra «orden»— de disparar. Eso sí, sin antes advertir al condenado, y como todo fusilamiento, a quedarse inmóvil y no pasarse de la raya antes del disparo. Yo no sé si a ustedes no les parezca un símil con la frase del Gabo. Pero cuando vi a Henao, la noche de 2004, sentí que él era el coronel Aureliano Buendía frente al pelotón de fusilamiento, el poderoso Boca Juniors, en el Estadio Palogrande, habiendo de recordar aquella tarde de Manizales en que su padre, Luis Fernando Montoya, nos llevó a conocer la gloria.

El fin de mi infancia con el primer beso

Yo nací, crecí y todavía vivo en el barrio La Soledad de Bogotá. Vivir en el mismo lugar durante toda la vida tiene sus ventajas. Todo es familiar. Se conocen las vías de arriba abajo, se presencian y, después, se recuerdan los cambios que se han dado con el paso de los años. Además, se crea un lazo casi familiar con los vecinos, los tenderos y hasta con los que cuidan los carros en la calle. Por ponerles un ejemplo de la familiaridad que tiene haber vivido ahí siempre: la señora de la droguería conoce y ha sido testigo del desarrollo muscular por el que ha pasado la parte trasera de mi cuerpo, pero eso sí tiene una mano de ángel para las inyecciones. Hoy tengo treinta y todavía me dice «Uy, Robertico, cómo ha crecido usted, ¿no?».

Mi familia ha vivido por lo menos cuarenta años entre las calles 45 y 39 y entre la carrera 30 y la 20. No está en el centro de la ciudad, pero si le preguntan a alguien de mi familia dirá que se llega en veinte minutos caminando a buen ritmo. Tampoco está al norte, pero se llega en carro en veinte minutos, completarían. El barrio es muy central, clásico y de mucha tradición. «De esas casas ya no se construyen», dice mi papá cuando salimos a caminar. Tiene un largo parque estilo bulevar que atraviesa el barrio; se llama el Park Way. Durante un tiempo, uno de los seis rectángulos que lo componen fue un parqueadero. Justo el segundo rectángulo, de norte a sur por la carrera 24, frente al Carulla,[7] no sabemos qué pasó, pero un día se acabó alguno de esos contratos burocráticos que tienen los que van de paso por el barrio y son elegidos por voto popular, y decidieron volverlo otro montón de pasto mal cuidado; con sillas de madera que si se rompe una tabla la cola no calza bien y es irritablemente imposible sentarse.

Pasan los años y las sillas tienen menos tablas, ya toca sentarse en los hierros. Son tan inteligentes los políticos que se han sentado en la alcaldía de Teusaquillo que nos quedamos sin parqueadero; es imposible encontrar donde dejar un carro y, como si fuera poco, ahora se volvió una barra libre viernes y sábados para extranjeros que vienen de otros sectores de la ciudad. Un tierrero es el Park Way en estos momentos. No se les ocurrió nunca hacer un parque con rodaderos y pasamanos ni hacer una canchita de microfútbol dos en uno; donde el arco se junta con un tablero de baloncesto para los que practican este deporte. En algún momento la ilusión, cuando yo tenía trece años, llegó a ser semilla, pero no, se quedó en promesas de plan de gobierno.

Sin embargo, uno a esa edad se las ingenia y el barrio entero se convirtió en nuestro estadio. Pipe fue mi primer amigo. Nos conocimos en un torneo que organizó el Club Fair Play. Creo que tengo una foto guardada de ese día, ocho o nueve años tendríamos para ese entonces. Él jugaba para Fair Play y yo para el Club de Ecopetrol. Ahí fuimos rivales, pero en el barrio éramos una pequeña sociedad. Las vacaciones de mitad de año siempre las pasábamos juntos. Los recuerdos de mi infancia están muy emparentados con, además del balón, materiales promocionales de las marcas. En el año 97, los Hielocos me dejaron un par de ojos morados. Dos tapas de Coca-Cola y

7 Cadena de supermercados.

los más o menos 2000 pesos que pedía el señor del camión que pasaba una vez a la semana, los miércoles, a entregar los pedidos de las tiendas del barrio. Mi cangurera era la envidia de los que perdían sus Hielocos conmigo, ciento veinte alcancé a tener. Mi primera lágrima consciente me la arrancó Zidane con esos dos cabezazos a la selección de Brasil en el Mundial del 98; estaba en la sala de la casa de mi tía mientras mi papá me contaba que él también había llorado por Brasil en el 82, pero que el fútbol, como la vida, siempre da revanchas. En 2002 comprobé sus palabras. El desarrollo de Bogotá fueron los tazos de Pokémon que venían en los paquetes de Cheetos y que estrenaron las calles pavimentadas del barrio. Mi amor por el cine nació con *Fantasía 2000* en el nuevo milenio. Saber coleccionar lo aprendí con mi primer álbum lleno, el de Corea/Japón 2002, y negociar me lo enseñó mi tío cambiando cinco jugadores de Nigeria por Rivaldo, o el holograma de un escudo por mínimo diez láminas.

Pipe y yo hicimos que los garajes del barrio fueran nuestros arcos de goles inolvidables. Por eso teníamos dos; uno el que él jugaba de local y yo era visitante y viceversa. El de Pipe estaba en el garaje del edificio donde él todavía vive, y también mi tía Carlota. No era el garaje que le correspondía a su papá, sino el de una señora que venía de España y se llamaba Margot. Ese edificio queda atrás del Park Way por la carrera 23. Portón blanco y grande que se convirtió en un dolor de cabeza para mi tía. Pipe siempre le pegó muy duro a la pelota, su contextura como de barrilito escondía un misil. Yo era más de colocarla allí donde duermen las arañas, aunque igual el ruido era espantoso cuando el balón golpeaba el frío acero.

La señora Margot gritaba desde el cuarto piso con sus rulos en la cabeza:

—Que me van a volver loca, chavales, miren como tienen de negro el portón con las marcas del balón. Loty, Loty, Loty —así conocen a mi tía Carlota en el barrio—, esos dos muchachitos me tienen que limpiar el garaje.

Mi tía por esa época tenía una papelería a dos garajes del portón de la españoleta. El ruido del golpe, bum, bum, como podrán imaginarse le ponía los pelos de punta también, pero con tal de tenernos con el ojo encima se aguantaba. Igual nos tocó a Pipe y a mí durante las vacaciones de colegio, entre junio y julio, aguantarnos más de un regaño a causa de nuestras tandas de penaltis, y como si fuera poco, limpiar el portón con jabón Axión y una de esas espumas verdes que se usan para lavar la loza.

Ese año fueron nuestras últimas, pero las mejores, vacaciones de colegio juntos. Lástima que duró tan poco. Porque los años anteriores, por la edad, no nos dejaban mucho estar en la calle. Más bien, nos quedábamos jugando en casa de sus papás, en la de mi tía o en la zona común que también se convirtió en un lío con la señora Blanquita. No teníamos dónde jugar, pero lo hacíamos en todos lados. En los años posteriores a esa fecha todo cambió. Mi arco, donde yo hacía de local, quedaba a cinco cuadras del edificio donde vivía mi tía Carlota. Para nosotros era un viaje que se convertía en una aventura si encontrábamos por ahí a algún indigente. El miedo que les teníamos hacía que nos pegáramos unas carreras eternas. Nunca nos persiguieron, para ser sinceros, pero las risas no faltaron. Además, tampoco podía falta, debajo del brazo el álbum Panini del Mundial Corea/ Japón 2002 para escoger el pateador y la selección que íbamos a representar.

Yo tenía una hermana que era un año menor que yo. Ella se quedaba en casa jugando con otras dos primas. Lo máximo que podían salir era al frente de la papelería. Suponiendo que el destino, y prefiero creerlo así, hubiera actuado como intermediario, la nieta de la señora Margot vino a pasar vacaciones a su casa, y como por la ventana podía ver hacia la calle, vio a mi hermana y a mis primas jugando. Creo yo que le preguntó a la señora Margot si podía salir a jugar con ellas. Puesto que la señora Margot y mi tía Carlota son amigas, la dejó. Nosotros, que sí podíamos andar por el barrio peloteando, llegábamos más o menos a las cinco o seis la tarde muertos de sed.

Nos sentábamos al frente de la papelería, cada uno encima de su balón, a comernos un helado que mi tía nos regalaba de su negocio. Esos helados eran una maravilla: venían dentro de un baloncito de plástico con una etiqueta blanca que decía «Súper Balón». Los fabricaba La Campiña, si no estoy mal, y venían en tres colores, amarillo, azul y rojo. También había paletas de agua de color azul y rojo envueltas en una bolsa de plástico que tenían estampado el escudo de Millonarios o de Santa Fe, dependiendo del color. Mi tía afirma que fue nuestra culpa que ella se haya quebrado; esas vacaciones fuimos muchos y ella les repartía a todos. Yo llegaba con la gallada, como ella nos decía, y la vieja le regalaba a cada uno una paleta. Multiplicado por cinco días a la semana durante sesenta días, se fue a bancarrota en esas vacaciones.

Ese día, el primero que ella bajó como desde el cielo a jugar con mi hermana, yo caí de forma apresurada, profunda y por primera vez en el abismo del amor. La vi de lejos mientras Pipe y yo nos acercábamos a la papelería; ya me sudaban las manos. Mi hermana nos presentó. «Ella es Natalia», dijo, y yo supe cómo se iba a llamar mi esposa. Tenía el cabello rubio de ese que brilla con el sol y mi rostro se iluminó con el alba de sus crespos. Me miró. «Mucho gusto», dijo, y sentí que me iba a morir en el maremoto de sus ojos azules. A Pipe también le gustó, lo noté. Apenas ellas empezaron a bailar una canción que decía «Y como los gorilas. ¡Uh! ¡uh! ¡uh! ¡uh!», o algo parecido, me dijo con una risa que tenía la desgracia, para mí, de expresar una confianza absoluta, «esa es para mí». «¿Cómo que para mí?», pensé. Así somos los hombres, a pesar de haber madurado, todavía escucho esa frase.

Al otro día, y después de soñar con Natalia, la rutina fue la misma, solo que esta vez se unió Nicolás. Había llegado al edificio donde yo era local y cuando oyó el rugir de los golpes contra el garaje bajó a pedir oportunidad. No era muy bueno el flaco, pero corría como Gatusso. Ya éramos tres. Pateando en el Park Way se unió el que sería nuestro defensa inamovible, el mariscal, en esa temporada de vacaciones. Julián era un tractor, te arrimaba la carrocería y te ponía a chupar cemento sin compasión. Juli trajo al arquero y a su compañero en la defensa, dos paisas, que vivían al frente de su casa, uno hincha de Nacional y otro del Deportivo Independiente Medellín.

Con ese par, y justo ese 2004, fue la primera vez que vi una pelea a puño limpio por la estupidez que a veces se disfraza erróneamente de pasión. El Medellín le ganó a Nacional la final del Torneo Apertura, título añorado por ambas hinchadas, ganándole a su rival de patio. Federico se cansó de que su hermano Fabio se la montara y se llenaron la cara de dedos. Fuimos seis y con eso ya teníamos al menos equipo para un cinco contra cinco y un cambio. Encontramos un par de rivales en barrios cercanos, y aunque por ese sector no teníamos cancha cerca, cuatro piedras y la calle bastaban. Se paraba más el partido por el paso de los carros que por las faltas, pero a quince goles se definía el ganador.

Pipe y yo corríamos para llegar antes de las seis y poder ver a Natalia así fuera cinco minutos. Su abuela la entraba a esa hora y yo aprendí lo que es querer ver a una mujer así sea un ratico todos los días. Una semana antes de terminar las vacaciones estábamos jugando fútbol-tenis al frente de la papelería de mi tía. Loty estaba atendiendo a una señora, mientras, su hijo nos veía jugar. El chino, no de la China, así nos decimos los rolos, nos dijo de repente:

—Caigan a Galerías el jueves a las 3 de la tarde y juegan contra mi equipo, allá tenemos cancha detrás de la Panamericana de la 53.

Pipe, que siempre ha sido un anarquista, aceptó. Digo anarquista porque nosotros teníamos orden explícita de no pasar de la 45 con 24 hacia el norte. Allá siempre ha sido peligroso. Julián dijo:

—¿Cómo vamos a ir hasta allá? Pipe, estás loco

—No sean cagones, ¿quién va a saber? Ni celular tenemos para que nos llamen y además nuestros papás confían en nosotros. Una escapadita para jugar por fin en una cancha —contestó Pipe.

Yo tenía mis dudas porque el chino se veía como gamincito,[8] pero también pensé «¿qué nos podrían robar si no teníamos ni reloj?». Los dos hermanos paisas aceptaron y Nicolás también. Solo faltaba yo que necesitaba un empujón.

—¿Qué dicen? —apretaba el chino.

Nicolás me animó:

—Vamos, Beja —así me decían ellos.

Mi hermana, que estaba comiendo helado con Natalia escuchó la propuesta

—Vamos, nosotros las acompañamos, ¿cierto, Naty? Si decía que sí, yo me hubiera ido de cabeza hasta el fondo del mar, sin pensarlo más. Lo hizo y yo encontré en sus palabras mi empujón.

—Listo, aceptamos —dije.

El resto del día nos lo pasamos pensando qué le íbamos a decir a mi tía, que era la encargada de cuidar de las niñas, y yo encontré algunos momentos para sacarle un par de sonrisas a Natalia. Siempre he sido muy bueno para hacer reír a las mujeres, con esa arma

---

8 Gamín, en Colombia, niño de la calle.

ya vas ganando. Ella respondía a mis chistes y yo me hundía en el sonido de su risa. Natalia era paralizantemente hermosa, sus ojos iridiscentes me enloquecían en un fuego interno que quería salir. Mi hermana siempre fue muy buena con las mentiras y dijo que se lo dejáramos a ella. El caso es que el día del partido salimos los ocho, nosotros seis y ellas dos a las dos y media según el reloj de la pared de mi abuela que revisé antes de salir para asegurarme llegar con tiempo para calentar.

En efecto, tenían cancha de las que yo le pedía a los ediles de Teusaquillo. Una perfecta simbiosis entre básquet y fútbol. Mi hermana y Natalia se sentaron en un banquito de cemento que estaba al lado de una de las rayas de banda. Cinco contra cinco; ellos tenían tres cambios y nosotros uno. Nico arrancó en el banco. Ya íbamos a dar el pase inicial cuando el chino que nos retó nos comentó una regla que olvidó decirnos el lunes: el que perdiera entregaba las zapatillas. Cuando llegamos a la cancha se me había hecho raro ver a los cables de los postes que alumbraban la cancha repletos de tenis Venus de diferentes colores, en bota o sencillos. «Ellos tienen esto de salón de trofeos», le dije a Fabio cuando escuché al chino ese. Igual ya no podíamos echarnos para atrás, y menos con Natalia ahí, la primera mujer que me iba a ver jugar. Aceptamos.

Sabíamos que a Pipe también le gustaba la rubia. Con lo que no contábamos y que con los años entendí, es que cuando una mujer te va a ver jugar tú quieres ser la figura de la cancha, hacer todos los goles y las mejores jugadas. Pipe ese día se agrandó, como todos los que con poca madurez enfrentan una situación así. Mi pequeña sociedad quiso ganar el partido solo y, como era evidente, y por desgracia para él, comenzaron los cortocircuitos dentro de la cancha. Todos peleábamos con Pipe: hacía una de más, pateaba desde lejos sin dirección e incluso se negó a salir para que entrara Nicolás cuando nos llevaban seis goles de ventaja. Por otro lado, nosotros nunca jugamos con delimitación de banda, nuestras canchas en la calle eran de un sin fin horizontal y de un largo a decisión. A veces hasta los bordes de los andenes servían para tirar una pared, y ese jueves de julio mi pequeña sociedad no me buscó para hacer esa jugada que lo libraría de sus marcadores.

El partido terminó quince a nueve, a pesar de una actuación memorable del que escribe estas líneas, y entregamos nuestras zapatillas como caballeros, desamarrando con lentitud y aletargando la agonía de perder los tenis de la suerte; sin intentar ni un escape en velocidad las vimos volar hacia el olvido de los cables de la luz.

Natalia, mi primer amor inconcluso, se me acercó al ver mi cara de absoluta desilusión y me dio un beso en el cachete que me devolvió la sonrisa, pero que tristemente marcó el fin de mi infancia. Fue ese día y no otro, porque enfrenté por primera vez con rigor de adolescente las consecuencias de mis actos llegando descalzo a casa después de caminar en silencio desde la calle 53 hasta la 40, donde está mi casa. Porque el amor de una mujer significa dejar cosas de lado, y porque tomar el fútbol en serio, pensando en el profesionalismo, acababa con el juego en sí. Por eso, ese beso y no otro fue la ruptura entre una época y otra. Sin contar que, para suerte mía, encontré en sus labios tocando mi cachete que ser bueno jugando fútbol me abriría la puerta a otros labios.

Pipe y yo nos peleamos casi por cinco años, nunca volvimos a pasar unas vacaciones juntos. Él consiguió otros amigos y se volvió *punketo*. Nicolás pasó el resto de sus vacaciones en Kumon[9] por estar de vago en el colegio. Los paisas se fueron a Barranquilla por un traslado que tuvo el papá. A Julián lo vi un par de veces para

9 Escuela donde los niños refuerzan o aprenden materias del colegio en las que van mal.

jugar *Winning Eleven* en PlayStation y discutir por quién se pedía a Castolo[10] y a Gomito 58,[11] ahí sí que no maduramos. Por mi lado, pasé a jugar fútbol en serio, donde un técnico, una idea y los resultados hacen que se pierda la inocencia del fútbol feliz.

La edad es solo un número, dicen, pero lo que sí es cierto es que los acontecimientos que se van viviendo marcan, de manera inevitable, el paso de una etapa a otra.

---

10 Jugador ficticio del videojuego de Play Station *Pro Evolution Soccer*.

11 Adaptación del videojuego de Play Station *Winning Eleven*, realizada entre 2001 y 2002.

Declaración juramentada

—Levante la mano derecha, por favor. ¿Jura solemnemente decir la verdad, toda la verdad y nada más que la verdad?

—Lo juro.

—Buenas tardes.

—Buenas tardes.

—Diga su nombre completo, por favor, para que conste en el acta.

—Soy yo, soy muchos, somos todos, pero puede poner «el HP».

—Ah, habla por todos...

—Y sí.

—¿Entiende usted que estará prestando testimonio bajo juramento?

—Sí, señor, lo entiendo.

—¿Y usted entiende que al haber jurado decir la verdad, toda la verdad y nada más que la verdad si mintiera y engañara de manera intencionada al público podría ser acusado de perjurio y obstrucción de la justicia?

—Sí, señor, es correcto. Pero antes de contestar sus preguntas quisiera leer la declaración que he escrito con mi puño y letra, si es posible.

»Ante los tribunales convulsos a los que nos enfrentamos cada ocho días y con la oportunidad que me da la constitución de defenderme hoy, quisiera que mis argumentos sean tomados en cuenta para demostrar mi inocencia. Aprovecho esta oportunidad para dejar claro que de mi actuar se duda, inherentemente, por obra u omisión. Lo que me pone sí o sí en la guillotina pública local o visitante, dependiendo de la situación. De mí o se habla mucho o no se habla, como se ha vuelto muy de moda. Porque por medio de la negación de decir «yo de los árbitros no hablo» es llevarnos a la inquisición. Por conocimiento de causa sé y afirmo que el 90 % de los actores, a excepción de nosotros, los cuatro encargados de hacer cumplir la ley y que interactuamos en el rectángulo, no conocen el reglamento. Entonces, yo me pregunto, ¿cómo se defienden?

»Es irreal pensar, a menos que seas Lunati, que uno toma una decisión en pro o en contra de un escudo u otro. Uno sanciona lo que está descrito en el reglamento, su señoría. Lo que pasa es que ¡claro!, la mayoría (y acá sí incluyo a los hinchas) por lo general están entramados en un trasfondo, unos intereses y una realidad en la que anteponen el color de la camiseta en la opinión. Menos mal que llegué a los hinchas, quienes para mí son los más importantes del fútbol, pero creen que soy el antagónico de la historia. Tristemente, pronunciar nuestro nombre lleva implícito cierto rechazo social que condiciona el partido de antemano. «¡Uuuy! Nos toca esté colegiado, con ese ya vamos un penal perdiendo». Pero muchachos, estamos todos caídos del zarzo, no más salimos a calentar y la dignidad de mi madre florece en las tribunas. Sin mencionar la cantidad de improperios a los que nos vemos expuestos porque sí. Hay un reglamento y yo me encargo de cumplirlo con el rigor que trae consigo la honestidad.

»El cinismo incorpora la especulación a la interpretación y desde allí parte todo el problema que cada ocho días nos pone a mis colegas y a mí en el estrado. Los errores, como en todo ser humano, no somos máquinas, merecen ser contextualizados. Porque una jugada se ve de distintas formas dependiendo del ángulo por el cual se observó. Es diferente ver una acción desde la tribuna, desde el banco de suplentes o desde el televisor, repetición incluida, que desde el campo mismo, incluidos los obstáculos de perspectiva y de visibilidad que se presenten. Sin embargo, la interpretación que le dé el réferi de turno siempre será respaldada por el reglamento. La interpretación hace parte del juicio, queramos o no. Por eso las jugadas pueden ser similares, pero como con los partidos, cada una es diferente. Hay muchas variables que condicionan una acción, entonces, de manera irremediable, una mano sí será juzgada y otra no.

»Uno a veces se equivoca por centímetros, sin embargo, «El Diablo está en los detalles» decía mi mamá, a quien los hinchas tanto les gusta nombrar. Pobrecita mi vieja. Para el ojo humano y a la velocidad de un partido de fútbol es casi invisible. Hay cosas que son defendibles en primera instancia, eso lo sé, pero sin una repetición es casi imposible impartir justicia. Eso sí, si un jugador intenta engañarnos y simula una falta que nos hace tomar una mala decisión a él sí lo defienden aduciendo que es una picardía; pasa al contrario con un rival y uno es el HP. La doble vara moral del fútbol.

»De los jugadores y entrenadores no debería hablar, como lo hacen ellos. No obstante, y en vista de que puedo aportar en este escrito la mayor cantidad de datos que argumenten mi presunción de inocencia, lo haré. Ellos nos saludan, nos sonríen y hasta chistes compartimos, pero es una relación amor-odio. Es como una moneda de cuero: si pitas en su contra, «interés cuánto valés», ahí queda la fraternidad. Se agrandan, te ningunean y te encaran como buscando doce rounds. A ver si a Pierluigi Collina le hacían esos shows shakesperianos.

»A fin de quitarnos «el peso de las injusticias» llegó el VAR y nos gritan con impaciencia en cada una de las jugadas para que vayamos a revisarlo. Es verdad que la máxima autoridad deportiva somos nosotros, los que llevamos el pito y las tarjetas, pero el uso tecnológico tiene un protocolo. deberían pegarle un vistazo.

»Para terminar, yo sé que nosotros no somos unas santas palomas, ni mucho menos. Debe haber algunos que no le hacen honor a la profesión, como en todo, hasta los que juegan tienen limitaciones, ¿pero para quién son malos? En la vida, como en la cotidianidad de nuestros trabajos y estudios, todos convivimos con el error. Nosotros tratamos de llevar el partido de la mejor manera, sin buscar perjudicar a nadie, de verdad. Sin más, tengo que decir que, con toda sinceridad y bajo juramento, cuando tomamos una decisión no es por afectar o intervenir en el resultado de un equipo u otro. Los invito a que se pongan en nuestros guayos y comprueben que somos inocentes hasta que se demuestre lo contrario.

»¿Alguna pregunta?

—Sí, yo. ¿Era gol de Yépez?

La metáfora del banco

Si me vieran como yo he visto a todos los que han pasado por aquí, tal vez encontrarán en mí la metáfora perfecta para explicar el concepto de oportunidad. Yo sé que la frase es muy cliché, pero es así y qué le vamos a hacer. «El fútbol es como la vida», hermano. Creo que quien inventó esta máxima no llegó a dimensionar el alcance que tendrían esas palabras juntas. A mí me han visto, equivocadamente, como el exilio, el destierro, el castigo y la esquina de la vergüenza. Se instauró en el imaginario futbolero que ser enviado al banco, en la mayoría de las veces, y no cuando sacan a un jugador después de una actuación inolvidable para que reciba el aplauso del público, es sinónimo de fracaso.

Así como dicen los oradores de superación personal, hay que ver las situaciones desde otra perspectiva. Ese soy yo, el banco de suplentes. Así que siéntese cómodo, si puede, porque sé que acomodar las nalgas en la banca es anatómicamente desesperante, a menos que esté sentado en esos banquillos europeos de cuero que parecen las sillas de masajes que venden en la teletienda. No señor, yo soy de los de madera, los enchapados a la antigua, una tabla larga y un par de patas, pero para efectos de mi explicación esas modernidades no influyen en la esencia.

Al banco han ido todos, todos, todos, hasta Messi se ha sentado en el frío desolador; eso sí, hay diferentes tipos de pasos para mí, dependiendo de la situación. Aun así, siempre se encuentra una oportunidad. La verdad, y sé que es una obviedad, es que a nadie le gusta estar «peinando el león», como dicen algunos entrenadores cuando mandan a un jugador al banquillo. Asimismo, voy a revelar, con el perdón de mis estimados desnalgados, que los jugadores sentados no desean que le vaya bien al compañero que está en su posición. Quien diga lo contrario es un mentiroso. Si le va mal al compañero, ellos saben que van a entrar, así de simple. ¡Qué incongruencia! Quieren que gane el equipo, pero con ellos dentro del verde césped y no desde el cemento.

Yo soy el golpe de realidad que muchos entrenadores usan para bajarle los humos a un jugador; para las figuras, estar ahí es aprender sobre humildad. También soy quien ayuda a comprender que de los errores se puede aprender; un error lo comete cualquiera, pero sentado ahí se humaniza, se comprende y se aprende para no volver a cometerlo. Sin embargo, el más importante concepto es el de verme como la oportunidad.

—¡Hey, monstruo! ¿Por qué me patea tan duro? Que su enojo no se desquite conmigo —Perdón, hoy estoy sirviendo de banquillo en un partido de reserva y parece que al 11 no le gustó el cambio.

Permanecer sentado, ser suplente, genera rabia e impotencia. Incluso cuando se sabe que, y yo soy testigo de eso, los del banco son mejores que los titulares. Sin embargo, la metáfora se vuelve una realidad conmigo cuando entienden que siempre toca estar preparado para cuando llegue la oportunidad. Una oportunidad es lo que cada persona necesita en la vida. Y va a llegar, ténganlo por seguro, la idea es que cuando llegue usted esté preparado, concentrado y seguro para aprovecharla y demostrar que la merece.

Desde mis sillas han salido muchos que han cambiado el rumbo de numerosos partidos: Götze, por ejemplo, en el Mundial del 2014, Bale en la final de la Champions contra el Liverpool en la temporada 2017-2018 y Éder en la final de la Eurocopa contra Francia, entre otros. Eso sí, no faltan los que entran y se mandan unos cagadones que cuestan goles u otros que se hacen expulsar en la primera que tocan. A esos les corro la silla. Como anécdota, una vez tuve en mis piernas de izquierda a derecha a Raúl, Beckham, Figo, Ronaldo y Zidane en sillas de plástico en un partido del Real Madrid. Todavía me pregunto ¿si ellos estaban en la banca quién diablos estaba jugando?

Hay muchas personas que en estos momentos están en el banco de suplentes. No desfallezcan. Esa debe ser la motivación: salir de ahí al once titular, conseguir ese trabajo, esa beca, esa oportunidad. Prepárense todo lo que puedan, que la oportunidad llega cuando menos lo esperan. Como decía mi papá, «uno no sabe cuándo va a saltar la liebre». Lo importante es ver al banco de suplentes como un banco de oportunidades. Se los digo yo, un viejo pedazo de madera de pino que ha visto llorar, sufrir y sentir las injusticias que trae el fútbol, pero que también ha sido testigo de cómo un día, cuando les dicen «caliente que va entrar», todo cambia. Y a los que tienen la posibilidad de dar una oportunidad, como se dice en el argot futbolero: «la solución está en el banco».

Una excusa para perdonarse

Usted que no sé qué está haciendo hoy y que lastimosamente a nadie le importa. Viviendo en el anonimato después de haber soñado con salir en el Panini. Sí, usted, el que dice «soy futbolista frustrado» o el que, para no avergonzarse, inventa una lesión que le impidió llegar al fútbol profesional. Sí, usted el que todavía ve los partidos en la televisión y dice «yo era mejor que esos que están ahí». También usted, el que todavía se flagela por no haber llegado. Déjeme decirle que no perdió su tiempo. Usted es un ejemplo. Usted aprendió lo que muchos tardan años en aprender. El fútbol lo preparó para competir en la vida y por eso, así no lo vea, lucha día a día. Hoy usted sabe que el tiempo es sagrado, que perderlo es malo porque todo puede acabar en el minuto 90. Usted aprendió de forma genuina y desinteresada, valor que falta mucho por esta época, qué es ser solidario cuando corrió a recuperar una pelota que otro compañero perdió.

Sí, colega, usted aprendió lo que es resiliencia al pasar horas y horas de entrenamiento para no recibir el premio al final. Y así es la vida, figura. Usted se puede pasar la vida buscando el éxito y tal vez nunca llegue, en el peor de los casos, o llegue más tarde o más temprano, dependiendo de lo que signifique para usted esa palabra tan injusta. Pero como dice Bielsa: «El éxito se debe evaluar en función de lo merecido y no de lo conseguido». Usted aprendió que el triunfo es una excepción, porque por lo general en la vida y en fútbol se pierde más de lo que se gana y eso le creó tolerancia a la frustración.

Normalmente la vida es mucho sacrificio y trabajo, pero pocos goles. Sí, fiera, hoy usted comparte porque aprendió, dejándole cobrar un penal a un compañero, que el egoísmo es triste y desolador. Usted también aprendió algo que buscan mucho las empresas: que ponerse la 10 es echarse el equipo al hombro por un objetivo común. Sabemos, y ponemos las manos en el fuego, que si le dan la oportunidad a un exfutbolista en cualquier otra área ya al menos tienen ganada la fidelidad, porque un futbolista lucha, corre y se sacrifica en el campo por el entrenador que le dio la mano. *Crack*, usted sabe lo que es la amistad porque tuvo una pequeña sociedad, y por eso decimos siempre «este amigo me lo dejó el fútbol.

Sí, para qué le digo mentiras, usted aprendió el respeto cuando si podía hacerle diez a un equipo se los hizo sin burlarse de ellos con jugadas obscenas. Además, adoptó una actitud humilde ante la vida cuando le tocó sentarse en el banco de suplentes. Usted, diestro o zurdo, aprendió que se puede perder o ganar, pero el esfuerzo no se negocia, como dice el Cholo. Usted no necesita ir a cursos de liderazgo porque sabe lo que es gestionar un grupo con la banda de capitán en el brazo. Usted aprendió, sin darse cuenta, que las normas se tienen que cumplir, y también a obedecer a una autoridad y a llegar temprano; la mayoría no lo hace, y eso es disciplina. Ustedes, defensas, delanteros, volantes y arqueros saben que la vida es simple entregando un pase de primera, a un toque, cuando la vida aprieta por la espalda. No sé cuál número haya usado en la camiseta, compañero de equipo, todo lo anterior debería servirle como excusa para perdonarse por no haber llegado a jugar en Wembley con 90 000 almas coreando su nombre.

Sin embargo, usted siempre va a jugar en mi equipo porque sé qué clase de persona es. Tenía todo esto atorado en la garganta desde que el pase al costado de realidad me hizo buscar otro rumbo, pero escribiendo estas palabras me perdoné con la vida; de pronto a usted también le sirva. Para finalizar, mi último deseo, sea donde sea que esté y sea lo que sea que esté haciendo, nunca, pero nunca, les falte una pelota número 5.

Deconstrucción del ídolo

«El más humano de los dioses», escribió elocuentemente Eduardo Galeano para describir a Diego Armando Maradona. Y creo que no hay otra descripción posible que se acerque, al menos al borde, para definir no solo al Diego sino al ídolo en sí en toda su humanidad. Porque no es una deidad, que quede claro, y desde ahí debe partir la deconstrucción. Siempre nos dijeron que los ídolos son seres que nos sirven como ejemplo para la vida, el sol en el horizonte que nos lleva de la mano por el camino cuando las cosas se nublan. No voy a hablar de los ídolos en la música, en la ciencia, en otros deportes o en la política, porque yo solo entiendo la vida desde el fútbol. Todas mis respuestas están ahí.

En una entrevista cuando murió Maradona le preguntaron a un hincha qué había sido Diego para él, y su respuesta me sorprendió tanto que encontrarle un sentido a esas palabras se volvió, entre más me tardaba en encontrarle explicación, vertiginoso: «A veces ni para comer teníamos y el chabón por la tele vos lo veías y te hacía feliz».

Dígame, ¿cómo una persona encuentra un momento de felicidad dentro de su ignominiosa situación en la gambeta de un jugador para que se le alegre la vida? No quiero profanar en lo más mínimo ni a la Iglesia ni a Dios; soy católico, pero no he escuchado palabras más sinceras que las de ese hincha hundido en las lágrimas de sus ojos. Por eso déjenme decirles algo: es una lástima, pero tendré que romper ese idealismo tan puro, así como el de que el Ratón Pérez no deja dinero debajo de la almohada. Los ídolos yacen en el imaginario popular por razones que, de manera enigmática, solo el talento puede argumentar. Nacen, crecen y florecen desde la infancia hasta la adultez. Sin una razón razonable. Surgen como el amor a primera vista, sin tocar a la puerta: una mujer se voltea, usted la ve y siente que ella acaba de perforarle el alma.

Ahora bien, tenemos que empezar por nosotros, los dueños de esa idolatría banal. Somos fanáticos del deseo, esclavos de nuestros estrechos y subjetivos sentimientos individuales. Nuestros vínculos son nuestros templos, lo que adoramos. Ponemos al jugador en contrapicado para que nos proteja de nuestros pecados humanos, para «perdonarnos» en la subjetividad del reflejo inmaculado de su figura y después hundirlo ante la más mínima caída, llevándolo sin contemplación alguna a la guillotina del juicio popular.

Por eso, el Diego es el ejemplo más crudo de la idolatría honesta. Porque caminó entre el bien y el mal como yo, como usted. Él fue la incoherencia, como somos los humanos, fue los vicios como los que consumimos los humanos, cometió pecados como los que nos perdonamos los domingos en la misa, fue político como somos los humanos en la sala de una casa en una reunión familiar. Fue humano, tal vez el más humano de los humanos, cambiando la frase de Galeano, como lo somos todos. Honró la vida terrenal, esa que ocultamos dentro de los dardos envenenados con los que atacamos sin piedad su nombre.

Su sufrimiento es inenarrable, no como sus goles, porque mientras su imagen de culto se adoraba como una deidad, la vela de su vida se iba apagando entre el veneno sucio de lo dionisíaco. Fue el caudillo de la vida.

«Si yo fuera Maradona viviría como él», compuso Manu Chao. Nada más equivocado y alejado de la realidad.

Génesis

Todo, absolutamente todo, tiene un inicio. Hasta resulta tonto decirlo por la obviedad que es. Pero hay principios de principios. El origen de la vida resultó del soplo del ser supremo, por ejemplo. El inicio de las cosas lleva consigo un acto voluntario o involuntario que hace que ese algo se haga *Dasein*. Es como la hoja en blanco que tenía al frente de mis ojos y no sabía por dónde arrancar, así que decidí hacerlo diciendo «Todo, absolutamente todo, tiene un inicio». Por algo se empieza, hermanito. «Ponga el primer ladrillo», me decía mi padrino. Así que empecé por el principio, porque el final es inevitable, ya se acerca, y todo es incertidumbre.

Muchos dijeron que la génesis había sido la firma en una servilleta; yo, la verdad, me niego a creer que ese sea el principio de todo lo que ha sido. Otros dicen que fue en 2003, en un amistoso contra el Porto, puede ser, pero yo no lo acepto. Los más fundamentalistas afirman que fue en un partido oficial un año después en el derbi, que se mientan ellos, yo no. El inicio, el inicio, inicio de este sujeto fue más poético, fue hilado por los versos sublimes del fútbol, encadenado por las piernas al ritmo del tango y la samba. Un milagro como este y que rara vez sucede en el fútbol no podía tener un origen tan vacío. Su punto de partida mereció, como así fue, un pase como el que le dio el Negro Enrique a Maradona para dar inicio a la jugada memorable de todos los tiempos, y además una anécdota como la del mediocampista argentino que dijo «le di un pase a Diego que lo dejé solo frente al arco». Sin embargo, la insensibilidad de la imagen no le dejó una narración como la de Víctor Hugo Morales en aquel gol a los ingleses que afirmó que ahí arrancó algo inmortal.

Yo, desde mis humildes palabras, intentaré explicar por qué para mí esa fecha 34 de la temporada 2004-2005 fue la génesis de la leyenda. Yo creo que ese día ni el técnico holandés se imaginaba lo que sería ese zurdo. Entró con el 30 en la espalda, porque el 10 lo tenía otro mago al cual heredaría después ¿Lo soñó? Claro que lo hizo, ¿qué jugador no se duerme pensando en su primer gol en primera?

Fue en dos tomas, como en el cine. En la primera Ronaldinho bailó de afuera hacia adentro y la empaló con el empeine para dejarlo solo frente al arquero. El tipo la controla con el borde interno y la pica dejando tirado al portero. No quedó tan bien, habrá pensado el árbitro que lo anuló mientras Ronaldinho sonreía en televisión internacional. Entonces Lionel se enfrentó a Goliat y recuperó un balón que le había dejado un mal control; le puso suspenso el debutante. Se apoyó con un pase corto que iba guionado, la sonrisa del fútbol lo leyó: controló sutilmente, rápido y la englobó, de nuevo, por encima de la humanidad de los defensas. Esta vez no hubo control, para qué si no había tiempo, la dejó picar una vez y con el borde interno dibujó una parábola que fue cayendo geométricamente en picado hacia el arco. Ahí, justo ahí, ni más atrás ni más adelante fue la génesis de MESSI. Dicen que el final se acerca, pero el final le teme a la densidad del tiempo cuando se guarda en la memoria.

El milagro de la Virgen del Carmen

—¡Uuuy, primo! Si yo estoy *pensionao* hace rato. A mí me jubiló el Deportes Tolima.

Mi cara y la de mi viejo eran de asombro, si por mucho Juaco tendría máximo cuarenta, rozaría los cincuenta y tantos, ¿cómo así que el Deportes Tolima lo pensionó?

—A ver, Juaquito, cuente, ¿cómo así que el Tolimita lo libró de trabajar?

—Jum, Vidalito, si eso fue hace años, usted se va a reír con este cuento.

Joaquín, de cariño Juaco o Juaquito, es primo de mi papá. Vive en el Guamo, Tolima, y para esas vacaciones, unas fiestas del Corpus Christi, fuimos a visitar a la familia. Mi papá me había contado que Juaco no había tenido mucha suerte en la vida que digamos. Era de esos que nacen torcidos, sin suerte hasta aquel día, y por más que intentaba pelechar, nada.

En el Guamo hace un calor muy bravo, hasta el mismísimo Diablo se espantaría del sofoco. Estábamos sentados los tres al frente de su casa en esas tradicionales sillas colombianas tejidas como con cables de colores que se mecían con lentitud al ritmo del viento pesado del clima de infierno. Eso es lo rico de los pueblos, sentarse con un juguito o una cervecita en las calles empedradas color cal mientras se ve pasar gente. Todo el que pase lo va a saludar y uno se siente en familia. De hecho, hasta usted va a aumentar el árbol genealógico. Pasa alguna persona y de una el anfitrión «Ese chelenguito[12] es primo suyo también, ese es hijo de la tía tal que se casó con el de la tienda tal y por eso somos primos».

Juaco es el mayor de tres hermanos y por falta de oportunidades le tocó trabajar desde muy joven, como casi en todos en los pueblos. Trabajó arando la tierra de la manera tradicional, nos contó, con tan mala suerte que un día un buey traicionero se alebrestó, se zafó del yugo y al primo, por intentar atajarlo, se le clavó un cuerno en el brazo y perdió la movilidad parcial de la extremidad. Después trabajó en construcción como paletero, con el brazo bueno que le quedaba, dando vía en unas obras que estaban haciendo para mejorar el alcantarillado, pero una volqueta le espichó un piecito, menos mal solo fue fractura. Ahí quedo sin trabajar casi un año. Así ha pasado de trabajo en trabajo. Eso sí, sin nunca aportar un solo peso para pensión, cosa que es muy común en los pueblos, pues como se dice, «acá se vive es al día».

—Vidalito, pero eso sin una fría no se puede. Gástese una, ¿o sigue más amarrado que el tamal del espinal? —fue con los taches arriba[13] el primo y yo solté una risa con ese dicho que nunca había oído. Eso es lo bello de Colombia, en cada región usted va encontrar un dialecto tan rico que vale la pena comérselo. Es tradición pura.

—Claro, Juaquito, pídalas, ¿o toca ir a traerlas?

—Toca ir, pero es allí nomasito donde don Próspero —contestó Juaco.

Caminamos hasta donde nos dijo el primo. Serían unas diez cuadras. Diez cuadras de religión en estado puro, pues los campesinos expresan su fe católica elaborando los tradicionales altares

12 Flaco.

13 Expresión que quiere indicar que una persona fue contra otra. En el escenario futbolístico, es ir contra un jugador usando los tacos del calzado.

que se ubican a lo largo del recorrido de la procesión, y además construyen unos arcos que cruzan el ancho de las calles, los cuales son adornados con las mejores frutas que se producen en la región. Una escenografía preciosa. El caso es que para la décima cuadra yo ya sentía que me derretía con el aire.

Llegamos a una cantina que parecía detenida en el tiempo. Nos sentamos en unas sillas de madera tapizadas en cuero mientras la mesa sufría el paso de los años sin recibir un solo brochazo de pintura desde su creación, diría yo. Yo me acerqué a la vitrina de aluminio, que tenía toda clase de mecatos.[14] Papas Margarita, Herpos, gelatina de pata, turrones...

—Vecino, me regala tres cervecitas bien frías —pedí.

—Ya se las llevó a la mesa.

Sonaban Los Inquietos en una vieja rocola de monedas mientras un grupo de cuatro señores con sombrero, camisa abotonada hasta la barriga, jean, botas y un machete guardado en un forro de cuero con tiras de cuero sueltas en el frente a modo de decoración, pasaban las penas de amor y desahogaban un largo día de trabajo al rayo del despiadado sol.

Me senté de nuevo en la mesa donde estábamos. Llegaron las tres cervezas Águila y empezó el primo con su cuento.

—Primo, usted sabe que yo tuve cuatro hijos, tres hombres y la zurrapa[15] de la familia. Nacieron acá, Vidalito, y los grandes berriondos van y salen hinchas de Millonarios. Yo no sé de dónde, mano, la verdad. Todos trabajan, eso sí, ningún vago gracias a la Virgencita del Carmen. La zurrapita si me ha dado lucha, sacó el genio de la mamá, pero usted sabe que yo no como caldo de lengua para cantarle las verdades a cualquier sute de escuela. Me ha

---

14 Refrigerios.

15 La hija menor de la familia.

tocado andarle duro, pero eso sí, salió queriendo al vinotinto y oro. Después del incidente con el bruto de la volqueta, yo quedé choneto,[16] como pueden ver. Trabajar poco podía. Por ahí de vez en cuando me levantaba unos pesitos en la plaza organizando fruta. Menos mal la casita ya estaba salvada. La pelea fue dura con mis hermanos, pero me quedé con ella. Al menos tenía donde meter la cabeza, Vidal.

—Va como a llover —dije.

—No mijo, eso es un espanta bobos, acá solo llueve cuando toca espantar al Diablo —me contestó el primo.

—Pa hacerle el cuento corto, en 2003 yo estaba pasando una situación muy dura. Lo único que me sacaba de la tristeza de no poder trabajar era ver a mi Tolimita. ¿Se acuerda que el Chiqui García era el técnico? Yo nunca estuve de acuerdo. El viejo venía de Millonarios y yo tenía una cuenta pendiente con los azules. Resulta que el viejo zorro nos llevó a la final del Torneo Finalización. Eso sí, mis guámbitos, joda y joda que no íbamos a ganar, que los jugadores que nos habían prestado del Cali eran el caballo de Troya e íbamos a perder la final con ellos. Con jugadores prestados del enemigo jugamos ese torneo, Vidalito. Eso sí, yo viajé al Carmen, antes de la final, julenco[17] y todo a pedirle el milagrito a la Virgencita. Ustedes sí han visto a su equipo campeón, pero para uno que nunca había ganado nada era la oportunidad, primo. El más grande y ahora campeón del fútbol profesional colombiano, yo soñaba con eso, primo.

Ahí me observó directamente sin compartir mirada, como cuando uno tiene muchos interlocutores.

—Mire primo, grande no es el equipo que más títulos tiene, grande es el club de uno, así no tenga tantas estrellas en el escudo;

16 Torcido.
17 Cojo.

por eso mi Tolimita es el más grande. A nosotros nos tienen miedo, no crea.

—Juaquito, pero comamos algo, ya llevamos como cuatro cervezas y no hemos ni almorzado —dijo mi papa

—Esperen. Voy y traigo unos platanitos pasos que prepara doña Carmen aquí a la vuelta.

El primo fue y trajo sus tales plátanos, pero vea, deliciosos. Nunca había probado una vaina tan deliciosa, me comí cinco.

—Vidalito, tanta fue la joda de mis tres chinos que yo les dije, convencido de que la velita que dejé en la iglesia iba a obrar, que si el Tolimita no ganaba, yo los heredaba en vida. Les firmaba la casita con el lote de atrás y todo, pero eso sí, si ganaba el Tolimita ellos me tenían que mantener hasta el día de mi muerte.

—Muy arriesgado usted —dije yo.

—No mijo, el que no arriesga un huevo no obtiene un pollo. Un amigo que trabajaba en la alcaldía me ayudó a conseguir la boletica para el partido como locales, y me fui bien madrugado en una Rápido Tolima para Ibagué. 2-0 ganamos en el Murillo Toro; eso ya estaba hecho, Vidalito. Pero seguro el Señor de los Milagros también tuvo una visita en Buga de algún otro viejo loco como yo. Allá, el partido de vuelta quedó 3-1 y nos fuimos a penales. A mí casi me da un yeyo.

»Vea primo, yo que siempre anduve torcido, usted sabe, de lucha en lucha, y ahora más con la pata mala, ese día iba recto. Recto como estaba Diego Gómez, ¡qué berraco! Tapó dos el guámbito y nos dio la primera estrella a los pijaos y de paso mi pensión vitalicia.

»Cuando llegaron a Ibagué, fui a la celebración. Le regalé al Cocho Patiño una imagen de la Virgen y él a cambio me dio su camiseta, esta que tengo puesta, Vidalito, la vinotinto y oro, vea qué belleza. Yo esa se la debo a la Virgencita del Carmen que se apiado de mí. Y yo le cumplí la promesa de tener una niña y llamarla Carmen.

Un día con el Diablo

Vea, señor Diablo, yo sé que usted se estará preguntando qué hago acá. Sí, es verdad, yo no estoy en la lista. Fui bueno, dentro de lo que se puede, alejado del pecado y de las tentaciones que usted pone en el camino. Yo quería ir al cielo, eso está claro, pero es que usted me debe una. Porque mi agonía no es la de ahorita, la del paro cardíaco. Mi agonía viene desde hace cinco años, once meses y diez días. Por eso dentro del túnel que lleva a la luz grité «que me lleve el Diabloooo». Por eso estoy acá, para saldar esa cuenta. Uno tiene que irse con el de arriba tranquilo, sin odios ni rencores. Solo me falta usted.

Déjeme contarle cuál es el afán, total, de aquí usted no se puede ir. Quiero que entienda por qué usted tiene una deuda conmigo. Yo crecí sin el miedo que le tienen los humanos. De chiquito me decían que me llevaba el patas si me portaba mal y a mí no me daba nada y no entendía por qué. O bueno, sí lo sabía. ¿Cómo prefiere que le diga? Usted tiene muchos apodos en la tierra. Bueno, el Diablo, está bien. No se sulfure porque que no lo respeten en la tierra, no es mi culpa. En cambio, usted sí tiene mucha culpa conmigo. ¿Por qué lo hizo? Que sí, que usted es el encargado de que pasen cosas malas, yo lo entiendo, no quiero que se quede sin trabajo, ni más faltaba, pero ¿de verdad?, ¿con nosotros? Los únicos que, no se confunda, no creemos en usted, ni lo admiramos ni nada por el estilo, pero sí lo aceptamos, incluso metiéndonos en problemas con el de arriba. Sin embargo, ni por esas dejó de ser Diablo para ahorrarnos el suplicio y las burlas.

¿Para qué tenía que meter sus narices ahí? Nos hizo vivir el infierno en vida, caballero. Explíqueme qué le hicimos, si antes lo llevábamos del lado del corazón. ¿No había otros? Ah, no sabe qué responder, como siempre escondiendo la mano. Usted debió estar ahí, pero de parte nuestra, no colaborando con los otros, evitando la catástrofe. Usted ni se alcanza a imaginar lo que sufrimos, lo que lloramos. Ese día era perfectamente olvidable en su vida de Diablo, ¿o no? Usted bien hubiera podido hacerse el loco, tomarse un descanso en sus actividades apocalípticas. No señor, no exagero, ese día fue el apocalipsis para mí, ese día yo empecé a morir. Dicen que la muerte es ¡pum! y ya a la lona, pregúntele a un hincha de River si eso es verdad. Claro que tenía que sacarlo, ese año usted se cargó a dos grandes, a mí no se me olvida. ¿No podía usted haber soplado el cobro del Tigre Castillo para que pegara en el palo y en vez de salir hacia la línea de banda se metiera al arco? No me conteste, sus explicaciones ya no valen de nada.

Vea, don Diablo, yo hasta blasfemé besando el escudo de la mechita en reiteradas ocasiones. Ese, el escudo, donde está su imagen con un trinche. No me agache la cara, ¿no le da vergüenza no mirarme a los ojos? Yo no le tenía miedo a usted porque en mi inocencia lo veía bueno, y qué más podía pensar si usted estaba ahí en el escudo de mis amores. Incluso creí que eso era puro cuento para asustarnos. Sin embargo, resultó que no, el hombre es tal cual como el del escudo.

Pensé que nunca podría saldar esta cuenta, pero vea cómo es la vida, o la muerte, lo tengo frente a frente. Pero ¿sabe qué?, como buen cristiano, lo perdono. Así voy a saldar su deuda conmigo, destinándolo a lo más puro, a lo que usted no hizo con nosotros. A lo que Dios sí hizo, morir por nuestros pecados. Lo perdono por no impedir nuestro descenso, lo perdono por haberme hecho pecar, lo perdono por no hacer que el cobro del arquero de Patriotas no se hubiera ido por encima del palo y lo perdonó por habernos hecho estar en el infierno durante estos cinco años, once meses y diez días. Ochenta y cuatro años de historia que se iban a la B, ¡a la B!

«Yo soy la resurrección y la vida; el que cree en mí, aunque muera, vivirá». Hoy volvimos a subir a la Primera División. Resucitamos, gracias a Dios. Hoy esa emoción me produjo un paro cardíaco, pero no me podía morir con el América de Cali en la B. Tenga fe, diablito, y que Dios se apiade de usted.

Hijo mío

Hijo, así no, hijo. Esa no es manera de tratar las cosas. Si lo haces a las patadas te cargas mal las rodillas y mis rodillas viejas. Mira, pon la mano con suavidad, siente la textura del objeto pesado y levántalo con toda la cadencia que seas capaz. Siente, hijo. Calcula cuánta fuerza necesitas para levantar la mesa, deja que suba con armonía, observa cómo va subiendo en un movimiento complementario contigo. Trata a los cuerpos extraños con el debido respeto, manipula los elementos del modo más suave, tranquilo. Cuida a las cosas como a tu propio cuerpo, con la máxima prolijidad. Aprende de los que han hecho de su cuerpo un culto al respeto ajeno, el arte en todo su esplendor. Los que han tratado con inmaculada eficiencia los elementos.

No lo hagas como los chicos malos, arquetípicos, insurgentes que caminan ocultándose tratando de minimizar a los otros, que no muestran el menor respeto ni cuidado por la otredad. Que cogen las cosas y las tiran a la basura, como un niño consentido y caprichoso que desprecia los elementos que lo rodean con impunidad de político. Esas personas no conocen la sensibilidad, hijo. Intuye y lee la manera amable con las que hasta los que en primera instancia parecen rudos tratan a los objetos. Se ven torpes en apariencia, pero observa la economía con la que se relacionan sujeto y objeto como si no fueran partes, sino un todo. Mira los cuerpos con ojo de orfebre y detalla la búsqueda en la que ellos se encuentran, con misticismo, encontrando la belleza en la roca más dura. Toca todo como si fueran extensiones de tu cuerpo, con buenos modales, deseando que hagan tu voluntad. Maltratar es parte del odio, y el odio desgarra, aleja. El maltrato y el irrespeto no le deja espacio a la compasión.

A los que son así no se les puede envidiar, pero sí respetar, por amor al tacto. Ellos no han visto cómo Riquelme trató a la pelota. Qué paradójico que algo que está destinado a las patadas sea manejado con una sensibilidad impoluta que hace de sí misma arte. El 10 no desperdiciaba ningún movimiento, eso era lo que lo hacía un artista, ahí está la diferencia entre los rústicos y él o ellos, porque hay muchos que tocan la pelota con consideración. Si eres sensible y respetuoso con esa figura redonda, ella será tuya; la tendrás en tus manos; se moverá o no para ti. Se abrirá ante tu humanidad y te entregará sus costuras más íntimas. Te enseñará todos los trucos que encierra en su interior. Serás parte de ella y ella de ti. Estudia tu cuerpo y deja que fluya con libertad, el balón hará el resto. Sé que lo que te estoy diciendo suena descabellado y no lo alcanza a comprender tu corta edad, pero lo entenderás, lo entenderás. Te conozco muy bien, por eso sé que ese rostro solo tiene más dudas, hijo. Deja todo ahí, vamos afuera.

Auguro hoy, mi primogénito, no mañana, hoy. Te vas a convertir en un gran jugador de fútbol. Yo tuve un poco de talento, pero no llegué. Tú sí, tú llenarás estadios. Pásame el balón. Sí, sé que no te he enseñado aún cómo tratar el cuero. Es la primera vez que jugamos con conciencia absoluta de nuestros movimientos. Tranquilo, ya conocerás las tres superficies con las que acariciar el esférico. Serás grande y llegarás a donde yo no pude. Me dejarás atrás.

Hoy empieza el largo camino a la consagración. Con el pasar de los años me ganarás una y otra vez sin contemplación. Yo lloraré y te abrazaré, la pérdida será mi alegría más grande. Mi orgullo cederá a tu talento y, sin explicación alguna, perder tomará otro sentido. Tú no lo comprendes, pero perder es el mayor de mis miedos. Hoy lo siento, lo respiro, lo puedo palpar con mis pies sobre el verde césped. Puedo ver cómo acomodas tu cuerpo buscando la perfección del perfilado para el encuentro con el balón. Veo en tus ojos como dices: «Ven, bola, ven que te mando al fondo de la red del pequeño arco que mi papá protege». Si ves con claridad cómo de manera inconsciente tratas la pelota con cariño, toma en cuenta que así debes tratar todo. Así el mundo será tuyo.

Serás un poema en movimiento, andarás al ritmo del lenguaje y flotarás. No dejes que tus ahora torpes movimientos te engañen. La postura y la técnica mejorarán y te mostrarán tu verdad. Ponme mucha atención, mírame, entiende lo que te digo, asimílalo. El truco está en evolucionar esa cabeza hacia el misticismo de lo inexplicable. Aprende a moverte del mismo modo en el que haces lo que más te gusta, sintiendo cada parte de tu cuerpo. No permitas que la obscenidad de los movimientos bruscos te condicione. Sé como Bernini, transformando algo duro como el mármol en el *Éxtasis de Santa Teresa*. Congelando para la eternidad, hilando un vestido ondulado de piedra, dejando al descubierto un ángel que se eleva preparado para descender con la flecha que empuña y atravesar el corazón hacia la unión íntima con Dios. Ese clímax entre el dolor y el placer hace que quienes se postran frente a la obra queden inertes y transfigurados ante la sensibilidad de lo que el ser humano puede crear con las manos, haciendo suyos hasta los más duros materiales. Un trato hermoso y sin explicación del material. Eso hijo, eso es lo que tienes que lograr.

Todo lo que te he dicho es para que te hagas consciente de esto: un balón de fútbol es un cuerpo. Irreprochable y perfectamente redondo, con un reparto equitativo de su masa. Bien o mal tocado, está dispuesto por su naturaleza a rebotar, a rodar, a viajar por el aire, a ser controlado, a tomar efecto y dibujar parábolas preciosas. El balón serás tú, será tu personalidad. hablará por ti. Es potencial inerte dispuesto a florecer.

Tómalo con tus manos, siente sus costuras, su peso, sus pentágonos de cuero tan bien bordados. Es un cuerpo sin vida al que tú se la darás. Aprende a tratarlo con amor puro, con respeto; él nunca te abandonará. Será parte de tu vida, te ayudará a olvidar las tristezas, pero debes prometerle nunca hacerla llorar con un puntazo de desprecio. Si la tratas con nobleza, la pelota acudirá a tu llamado, así como va hacia a los jugadores que saben, los que la acarician con el borde interno, soltando la pierna, apoyando con firmeza el pie de apoyo para clavarla en el ángulo, pasando en cámara lenta por encima de la barrera, o los que con el empeine conectan a un compañero a cuarenta metros en un cambio de frente pincelado.

Párate recto, siempre se lleva la pelota pegadita al pie, con celo, la cabeza levantada con elegancia, como Pirlo. Eres potencial absoluto, y a pesar de que el talento es expectativa, yo lo predigo hoy: ese talento será visiblemente encantador, mágico. Se hará realidad y enamorará al mundo. Toma, ahí va, hijo, controla con sutileza al caer, pon el empeine y jala con cuidado tu pie hacia atrás, ahí quedara dormida, domada.

Como Zidane, atráela hacia tu humanidad con arte. Entiende cuál es la razón mecánica de su existencia, es física pura. Tienes que llegar a conocerla en toda su objetividad; entre más la observes, más la toques, más pruebes sus posibilidades, más será tuya. Ahora quítate los tenis. Siéntela con la piel de tus dedos. Sí, yo sé que duele y quema al tocarla nada más que con tus pies desnudos, pero te dará más sensibilidad. Descalzo harás una comunión de pieles, tú y el balón se entenderán en sus naturalezas, serán amigos sin máscaras. Paciencia, paciencia. De la noche a la mañana no se controla ese objeto de desdichas y alegrías, ese que hace feliz a la gente. Por eso es tu responsabilidad tratarla con arte, siendo consciente del poder que tienes en tus pies, hijo.

Esto es solo una introducción, mi pequeño *crack*. Borde interno para pasar con firmeza y elegancia, borde externo para aventurar un pase de lujo y empeine para los más largos y bellos pases largos al pie del compañero. Golpeando con un máximo de economía y mínimo esfuerzo. Es más técnica que potencia, no se te olvide ¿Controles? Con cualquier superficie, por eso conoce tu cuerpo, encuentra tu sensibilidad pura y úsala para matarla con cualquier parte de tu humanidad sin meter las manos. Siente al balón tocar tu piel como un pétalo de rosa. No permitas que te permee el uso de la fuerza, recuerda siempre: «La inteligencia sobre la fuerza», como David contra Goliat.

Decide antes de que la pelota llegue a tus pies. Interpreta la intención del compañero: el pase es un medio de comunicación, habla en un código en el que los únicos testigos son tú, el balón y tus compañeros. Serás grande pequeño gigante, lo sé, lo aseguro, lo digo en voz alta para que se quede en el espacio, y no solo en mis pensamientos. Serás una promesa real, un adepto más a la religión de lo físico. Dale en zigzag, borde interno y borde externo, esquivando rivales imaginarios. Llevando esos pequeños destellos de talento innato a otro nivel. Así, hijo, bésala como Ronaldinho la besó. No lo dudes nunca, serás grande, serás aplaudido, serás el 10 de la selección.

Equipo de corazón

Decisiones difíciles en la vida y esta. Es un juicio público, terrible, que te tacha de bueno, relleno o tronco. El profesor de Educación Física siempre separa a los dos mejores para que armen los equipos. Por medio del pico y pala se define quién elige primero. Ganar en el pico y pala tiene su picardía. «El fútbol es para los vivos», se dice en el argot futbolero. Ser el primero tiene sus ventajas, da la posibilidad de escoger lo mejor que hay. Casi siempre el resto de jugadores hace una media luna dejando a los dos capitanes en el centro.

Quedar de último es un veredicto que se argumenta en sus propias carencias. ¡Para qué mentir! Si se está en esas posiciones es que se es de palo, las cosas como son. Siempre se tiene uno o varios amigos que hacen parte de los exiliados. Por experiencia sé que al primero que eligen es al arquero. Tienen en la cabeza esa frase que no sé quién habrá dicho: «Los equipos se arman desde atrás hacia adelante». Esa es una fina declaración de intenciones, señores. No voy a entrar en esa discusión ostensiblemente vieja y adulterada. Otros, más ortodoxos, dirán que se van a regir por el reglamento; como dijo Lillo: «El mejor libro de táctica es el reglamento». La regla 10.2 dice: «El equipo que haya marcado el mayor número de goles será el ganador». Así, pues, seleccionan solo jugadores de corte ofensivo. ¿Y atrás?

Cuando uno tiene derecho a escoger sus equipos como lo hacen los grandes técnicos es más fácil. Cada uno tiene su idea, como dice Menotti, y contratan a los músicos para que la interpreten. Aunque acá estamos hablando del partido del barrio, del colegio, del parque, de la Sunday League. Nosotros, los amateurs, poco atléticos, con barrigas de años y años de cerveza, desgarbados, sin más estilo que unos guayos finos que no le hacen gala al talento. De los que madrugan un domingo y manejan hasta las afueras de la ciudad para jugar en unos terrenos más o menos. De los que comparten su carro avisando que van solos y que preguntan a quién pueden recoger. Nosotros, los que por única barra tenemos a las novias, las mamás, los tíos... Mejor dicho, toda la familia. Corriendo para llegar temprano al partido. Encerrados en la eterna discusión de qué uniforme elegir para el torneo, donde los hinchas afloran para disuadir la compra y poder vestir como su equipo favorito. Peleando una y otra vez con los que llegan tarde y gestionando la logística económica del torneo con las uñas. Aficionados con almas de profesionales, porque uno juega a cambio de nada, solo por el amor al balompié. Soñando con salir campeón.

Estos equipos no se pueden armar con las normas fundamentalistas del fútbol que se juega por dinero. En las canchas de la vida terrenal rige el orgullo, y este tiene dentro de sí un cúmulo de sentimientos que no los cambia la plata. Elija con solemnidad, mírelos a los ojos, estos hablan, como siempre se ha dicho. Ahí están, parados con su pundonor, palpitando fuerte, esperando el llamado a enfilar detrás del capitán de turno para, como Sancho, luchar por usted. No le voy a decir que escoja a los que no han sido elegidos para tratar bien a la pelota, ni mucho menos. Sin embargo, y aunque suene contradictorio, esos son los que van a correr más por el equipo. Yo no sé, pero juegan con las ganas que tienen los que están cansados de estar de suplentes, de ser elegidos porteros. Un buen entrenador, como Bielsa, trabaja con lo que tiene, los potencia para sacar el más mínimo destello de luz de sus figuras atribuladas por el desprecio futbolístico.

Los que se las dan de estrellitas solo quieren que el balón les llegue arriba y no se ponen las botas para trabajar atrás. Por desgracia, están permeados por el elogio constante, ese con el que los que poco juegan se han encargado de envenenar a través de comentarios hiperbólicos. En palabras de Simeone: «Siempre digo que si no corre uno, bien. Si no corren dos, difícil. Si no corren tres, es imposible». Eso sí, uno nunca elige para su bando a los que le caen mal, por más buenos que sean. Y eso, aunque no tenga una explicación racional, sí tiene una justificación emocional. Con amigos se juega mejor, así sean troncos; los amigos se apoyan, corren por uno. Resulta hasta romántico pensar que perder es más lindo si se comparte con los que uno lleva en el corazón. Por eso sea austero para elegir, mejor sin tanto nombre rimbombante. Que la radicalidad del resultado no lo haga traicionar a sus amigos. Porque alrededor de la pelota todos somos iguales.

Perder es ganar un poco

La primera vez que escuché la frase «perder es ganar un poco» fue en los noventa. Yo nací en el 91, pero para cuando tenía entre ocho y diez años era pan de cada partido. Con la rabia, hasta burla, entre los dientes, mi viejo o mi tío la pronunciaban: «Otra vez perdimos, pero como dice Maturana, perder es ganar un poco». Para todo se usaban esas palabras. Y de ahí se prendían en una eterna discusión descargando sus frustraciones del diario vivir con la selección nacional. No quedaba títere con cabeza, como decía mi abuela.

No sé si es que nosotros los colombianos tenemos en nuestro imaginario que la Selección Colombia tiene la responsabilidad de cargar con nuestras vidas. En ellos podemos descansar nuestro inconformismo como sociedad. Salen a la luz nuestros miedos, nuestras frustraciones, nuestras envidias más profundas. Parece que estamos tan permeados por el odio que se ha convertido en nuestra droga. Producto de eso destilamos toda esa frustración, que a la vez nos sirve como excusa para alejarnos de nosotros mismos. Así es mucho más sencillo vivir. Dentro de ese relato vivimos todos los colombianos.

Mi papá lo entendió mucho tiempo después, cuando dejó de ser burla y pasó a ser la mejor excusa para afrontar la realidad. Por falta de una bondad burocrática la vida lo obligó a cerrar la empresa que tuvo por más de veinte años. Perdió, sí, pero ganó la tranquilidad que por fin lo dejaría dormir por las noches. Además, empezó a darse cuenta de que podía hacer otras cosas. Perder es la oportunidad de volver a empezar.

Dentro de ese aprendizaje que mi papá quería para mí, un día me inscribió en un seminario que tuvo lugar en Bogotá con un tal Robert Kiyosaki. Nunca en la vida había sentido que botar la plata fuera tan fácil. Yo sé que mucha gente paga seminarios caros sobre el éxito y la superación personal, y está bien, pero el fútbol y sus actores son los mejores *coaches* que puede haber, empezando porque los consejos que dan en esos cursos los enfocan al éxito financiero, que llevado al fútbol es aquel avalado por los títulos. El triunfo personal, mal entendido, es el económico; por eso el problema de no entender, o no querer entender, lo que de verdad significó y significa lo que dijo Maturana es que a los colombianos nos da miedo mirarnos al espejo.

El «fracaso» merece ser contextualizado, que no excusado, para darle un sentido real. Yo he «fracasado» infinitas veces; unas por mi culpa, otras por elementos externos, algunas otras por que sí, porque la vida es de esa manera. Lo importante es no quedarse en el haber perdido. El primer Mundial que vi con conciencia de amor por el deporte fue el de 1998. Colombia venía de clasificarse a tres copas seguidas, dos de ellas de la mano de Maturana. Entonces, ¿cuál es la vara con la que se debería haber medido al profe? Como anécdota, Brasil perdió la final de ese mundial, Francia 98; cuatro años después, salió campeón.

Otro que carga la espalda llena de flechas es James David Rodríguez. El antioqueño parece que le debiera algo al país. Le exigimos más a él que a nosotros mismos. Qué contradictorio que el éxito o el fracaso del otro nos importe más que el de nosotros. Sobre todo, aguardamos en el anonimato para, al verlo caer, enterrar la estaca en su cuerpo. Yo a James le debo ese gol a los uruguayos por triplicado. Uno, su éxito fue parte del de todo un país, una pequeña victoria como las que uno debería celebrar en la vida. Dos, la euforia del gol bajó las defensas de una morena bella que me tenía loco y en la celebración me regaló el primer beso de sus labios. Y tres, no sé ustedes, pero yo saldé esa vieja cuenta con los uruguayos. No ganamos el Mundial. ¿Entonces esa selección es de fracasados? No creo.

Otro ejemplo que genera muchos espasmos es Neymar, la sonrisa del «fracaso». Se nos ha enseñado, y a la vez extraviado en la realidad, que solo los que ganan merecen todo tipo de adulaciones, cuando el éxito, por lo general, es una utopía. De vez en cuando se gana y siempre se lucha. En contraste con el gesto universal de alegría del astro brasilero después de perder la final de la Copa América 2021. Quedó ante las cámaras, me acuerdo bien, la desidia con la que los jugadores ingleses recibieron y se quitaron la medalla de segundo lugar de la Eurocopa 2021, demostrando una vez más el vicio que tenemos como sociedad de ningunear las derrotas. Lo irónico es que a pesar de que esa palabra lleva implícito cierto rechazo social, Wembley le regaló un aplauso muy emotivo a su selección. Por eso, mirar lo que no se mira pero que merece ser mirado a veces rompe viejos y engañosos paradigmas.

Uno que entendió todo fue Kalvin Phillips. El beso a la medalla que nadie quiso no solo enalteció el valor del esfuerzo, sino que también recordó a Guardiola, otro al que han tachado de fracasado, en la final de ese mismo año en la Champions League. Esa demostración espontánea, universal, del cariño más puro y natural se ganó el elogio del papa Francisco: «Esto nos enseña que incluso en la derrota puede haber victoria. Tomar con madurez la derrota te hace crecer. Te hace entender que en la vida no siempre todo es dulce». Parafraseándolo, cuando un deportista afronta la derrota con esta dignidad, es un honor. ¿Será casualidad en su actuar que ambos, Phillips y Pep, se hayan cruzado en sus vidas con Marcelo Bielsa? Uno de los técnicos menos ganadores, pero que más entendió la vida.

Actos como el de Neymar, Kalvin Phillips y Guardiola dignifican el fracaso y hacen que nos pensemos por fuera del sentido común establecido. Porque estamos acostumbrados a valorar solo a aquel que llega más arriba, siendo incluso contradictorios con nosotros mismos. Mientras, nos ocultamos en las redes sociales, alimentando «el ganar es lo único importante», reprochándoles resultados a esas personas públicas. Las incoherencias que todos tenemos.

Es inentendible para muchos, pero en la desolación el fútbol siempre tiene una piedad infrecuente conmigo. Es maestro. Hace más de dos décadas que Maturana pronunció con nobleza esas palabras tan fuertes en su interior, y todavía no hemos aprendido como colombianos que no tiene nada de malo: Perder es ganar un poco.

Bendito el pan

—Que sí, que el plan es buenísimo —dijo Titín.

Checho no decía nada; uno, porque la idea incluía a su padre, y dos, porque él siempre ha sido muy recto, nada de zigzags. De los que dice «profe, había tarea», nada de copiarse en el colegio ni capar clase. Él era nuestro volante de contención. Era de esperarse, un buen 5 siempre tiene que estar preparado para el error. Juancho, en el fondo de la mesa, se puso de pie. «Esto parece una reunión de mafiosos, así como en *El padrino*», pensé. Estábamos sentados en un comedor rectangular largo que hicimos juntando un par de mesas y sillas en la panadería del papá de Checho. Hablando como quien está planeando el robo del siglo.

—Seamos serios, ya llevamos días cuadrando esto, es nuestra última oportunidad, ¿o alguien tiene una idea mejor? Jugamos en dos semanas —Juancho se puso serio, es de los que no puede disimular y la ceja del ojo derecho se le empieza a subir para acentuar sus palabras—. No veo otra opción, es la primera vez que invitan a nuestro pueblo a ese torneo y nosotros vamos a ser los primeros en representarlo —Juancho jugaba de portero así que su voz, evidentemente, era de mandón.

—Sí, Juancho, pero por una acción ilícita como la que vamos a cometer podemos ir presos —decía, asustado, Checho.

—Que no, primero, ¿quién se va a dar cuenta?, y segundo, tenemos doce años, como mucho al reformatorio —Juancho insistía con ironía haciendo un chiste de mal gusto.

—Bueno, supongamos que nadie de la ley se da cuenta, pero si se entera mi viejo me acaba. Ustedes saben cómo es el gordo, ahí sí es que no vuelvo a ver la luz del día —Checho dudaba y con razón.

Mientras escuchaba los argumentos de todos pensaba, me acuerdo muy bien, que Checho tenía todas las de perder, él era el que más corría peligro. Su papá es un tipo de muy malas pulgas y cuando se diera cuenta ni me imaginaba lo que podía pasar. Me retumbaba en la cabeza aquella vez que Checho se escapó del colegio para ir a jugar un partido contra los de la vereda de arriba y una vecina lo vio y le contó a don Marcos que en horas escolares su hijo estaba jugando fútbol. Le faltaron piernas a don Marcos; allí llegó con el delantal de la panadería y le lleno la cola de harina de mazapán.

Titín seguía con su insistencia, y lo comprendía. Nunca habíamos tenido en el pueblo un equipo respetable como para presentarse en el torneo municipal y nosotros teníamos un equipazo. Además, él era la figura del nuestro equipo y si le iba bien en el torneo cabía la posibilidad de que algún cazatalentos lo viera y pudiera entrar a las divisiones inferiores de un equipo profesional. Era un monstruo, ¿para qué negarlo?, de todos él merecía una oportunidad. Si se quedaba en el pueblo sería muy difícil verlo en televisión. Al final aceptamos en parte por él. Votamos y, como era de esperarse, Checho terminó cediendo; en su interior sabía que era nuestra única oportunidad.

Todo se hizo según lo planeado. Con curiosidad profunda, revisé cada paso del plan para verificar que todo saliera bien. Al Chiqui le salió a la primera, con razón nunca ha tenido problemas. Es un mago, la verdad. Danilo, Checho y Morita, nuestros tres atacantes veloces —nosotros jugábamos con tres arriba—, eran pequeños, pero engañaban. Para moverlos y quitarles la pelota solo era posible con falta. Ellos convencieron al viejo Marcos diciéndole que tranquilo, que se iban en bicicleta y llevaban la orden de compra, que para qué salía si total él tenía que estar ahí pendiente de todo.

Una semana después llamó el dueño de la empresa a la que habían llevado la orden. Yo no sé, pero el de arriba estaba con nosotros, justo ese día Checho contestó el teléfono y le dijo que no, que tranquilo, que no se molestara en traer nada, que él iba con sus amigos. Los mismos tres fueron muy madrugados. Ellos sabían que el viejo se levantaba muy temprano para ir a hornear los primeros panes de la mañana. 6:00 a. m. Todo despejado. Se encontraron en la esquina del colegio y dieron la vuelta larga. No tomaron la principal para no pasar por el frente de la panadería y así evitar el interrogatorio, qué para dónde van con tanta prisa y esas cosas de los padres.

El pueblo central a donde iban está a quince minutos en carro, en bicicleta más o menos cuarenta. Los negocios abren a las ocho, por eso era importante llegar de primeros, así el impaciente padre no empezaría a llamar a preguntar por su pedido. Por la factura no había problema, había sido un negocio de caballeros en el que la palabra vale más que cualquier cosa. Teníamos sesenta días para pagar todo sin que don Marcos se diera cuenta. Todo salió a pedir de boca, felicitamos a los tres ciclistas al coro de «y de la mano de Danilo, Checho y Morita vamos a salir campeones». Hasta ese día todo el plan iba de maravilla.

Yo estaba tranquilo. Me encargué con meticulosidad de que todo fuera saliendo según lo planeado. Siempre he sido así, en especial en momentos de tensión. Ellos confiaban en mí. Si yo daba muestras de inestabilidad todos se caían. De igual manera, de vez en cuando el plan se caía en mi mente y pensaba que era una locura, pero no lo demostraba para no asustar a mis compañeros. Hasta el día de la entrega yo sentía que estaba listo, que ya fue, ahora ya no importaba nada. Solo quedaba buscar el transporte e inventar cualquier excusa para ir a jugar cada fin de semana.

Lo segundo se solucionó con el profesor de Educación Física del colegio. Al profe Milton se le contó muy por encima, pero aceptó. Él y nadie más que él había vivido en carne propia lo que era no tener apoyo gubernamental. Una vez nos contó con tristeza que su generación era una máquina, que la pelota siempre al piso, pero que se perdió. Nunca fueron al torneo municipal. También nos dijo que cómo iban a invertir en el deporte si nuestra vereda era de las olvidadas por el Gobierno central. Sin saber todo lo que habíamos hecho, aceptó inventarse una salida pedagógica para esos cinco fines de semana, seis si llegábamos a la final. Con un profesor como escudo estaba seguro que todo saldría al pie de la letra. El transporte fue lo que más se nos complicó.

Fue casi imposible encontrar una solución. Incluso pensamos irnos en bicicleta; cosa que era una locura, ya que íbamos a llegar cansados y medio pueblo nos iba a ver en caravana. Sin embargo, parecía que estuviéramos encomendados, pues cuando estuvimos a punto de rendirnos se nos apareció la Virgen. Pablo dijo que su papá tenía un tractor y que tenían una especie de guacal gigante donde metían a los caballos cuando tenían que llevarlos al pueblo. El problema era decirle al papá de Pablo. De eso se encargó el profe Milton. Fue una negociación dura, nos contó. Accedió solo porque la mamá del profe fue profesora del viejo de Pablo.

Nos movimos rápido, debo aceptarlo. Entre esconder una cosa y la otra y pedir por aquí y por allá se nos pasó el tiempo. Para el primer partido nos encontramos en la puerta de la escuela: iríamos a una «salida» de campo a las montañas, algo de Biología, me acuerdo. Flotamos en la cancha ese día. 3-0 y de vuelta al pueblo, *hattrick* de Titín. El segundo estuvo jodido: tipos duros, árbitro nervioso, pierna fuerte, faltas constantes y muy conversado. Empate a cero. El tercero: un trámite. Estuve muy fino en la mitad de la cancha, MVP, 4-0 con tres asistencias y un gol mío. Háblenme de números, ese día estaba clarito. Para el cuarto partido no solo tuvimos problemas dentro sino también fuera de la cancha. Un 2-1 apretado. Checho sacó de todo en nuestro arco. Nos bombardearon. La verdad pensé que lo perdíamos, pero Titín metió su bendita frente a falta de quince minutos en un tiro de esquina y pusimos el bus atrás. Los once aguantamos el resultado con temple de torero, a pie junto. Al volver, nos llamó mucho la atención que la panadería de don Marcos estaba repleta. Gente que no habíamos visto nunca por esos lados.

—¡Chechooo! Venga pues a ayudar, hermano, que estamos full —gritó don Marcos cuando nos vio bajarnos del tractor.

Raro, yo igual no me preocupé demasiado. Eso sí, al otro día en el colegio Checho, hecho un manojo de nervios, nos contó que afuera de la panadería había escuchado a un par de personas comentar que si no hubiera sido por que nos habían visto en el pueblo no se hubieran enterado que esa panadería hacia la mejor mogolla. Yo lo tranquilicé, afirmando que eso era una coincidencia, pero por dentro sentía un augurio de mala espina. ¡Qué les puedo decir! Así somos los que jugamos de mediocentro y más los que estamos solos en la mitad de la cancha: fríos, calculadores no nos ponemos nerviosos con la más mínima presión.

Llegó el siguiente domingo, quinto partido. Sabíamos que era el más fácil. Habían perdido tres y un empate. El profe les dio minutos a los que habían jugado poco; yo sí me comí otros noventa, como todo un mariscal. Ganamos fácil y nos metimos en la final. Me acuerdo que casi no dormí durante la semana anterior al último partido, y menos pude estudiar. Mi cabeza solo estaba en esa final del primer torneo que jugábamos con otras veredas. Como les dije, teníamos una banda. Desde el lunes les pedí: «Duerman bien, coman bien, nada de salir a jugar a la calle. Mucho descanso». Me estaba metiendo en serio en el papel de capitán.

Con una sonrisa triste tengo que contar que el día de la final no fue como me lo esperaba. Recibí sin marca una pelota en la mitad de la cancha, y cuando levanté la cara para meter un pase profundo a espalda de la defensa lo vi. No al delantero, a don Marcos. Mi papá era el que menos me preocupaba la verdad. Perdí ese balón y claro, saliendo una pérdida en campo propio es letal. De hecho, me di vuelta hacia nuestro arco y Checho estaba blanco como un fantasma. Todos nos desconectamos del partido, una lástima. Perdimos, sí. Apenas escuchamos el pitido final no queríamos salir del campo, un silencio catastrófico nos invadió. Yo era el capitán y tenía que poner la cara. «Yo me encargo», los tranquilicé. «Como equipo, caemos todos».

De nada sirvieron mis palabras, o sí, para qué digo lo contrario. Para uno de niño es una minucia, pero es un tema complicado en edades adultas. De todas maneras, no lo hicimos con maldad. Solo queríamos ir al torneo y esa era la única manera. Todos tuvimos que hacer servicio comunitario durante ese año. Pablo estuvo castigado ayudando en la oficina del alcalde al haber falsificado la firma de don Marcos, firma que sirvió para que el señor que hacía toda clase de uniformes en el pueblo nos hubiera hecho los nuestros con el estampado de «Bendito el pan» en el frente. Checho tuvo que pagar los uniformes con trabajo en el horno; don Marcos no dejó que ninguno de nosotros lo ayudáramos. Mi viejo necesitaba una excusa y la encontró, nos fuimos a la capital a buscar un mejor futuro.

En consecuencia, con todo lo que pasó quedaron dos cosas buenas que hoy nos enorgullecen. A Titín se lo llevó un cazatalentos de una ciudad importante, todos rezamos para que le dieran una oportunidad. Prometió que con su primer sueldo iba a hacer un polideportivo. La panadería de don Marcos se hizo famosa por sus mogollas. Creció por todo el departamento, me contó Checho y como regalo a los valientes que pusieron en el mapa a la vereda, el viejo está patrocinando, hasta el día de hoy, a la primera escuela de fútbol que nosotros fundamos. Así que no me hablen de patrocinios de millones de dólares si no saben qué es ganarlo en una cancha después de una reunión de amigos.

El aguatero

—Si vuelven a decir que ese ni de aguatero juega, me voy a volver loco —dijo Rapidol.

Yo estaba sentado en el banco de suplentes, pero lo escuché a pesar de que lo dijo en voz baja. Rapidol, como le decimos de cariño por su velocidad en el trabajo, es el utilero que, además, se encarga con mucha humildad de darnos el agua. Es un viejo que ha visto mucho fútbol, aunque no en los bancos de los estadios, pues le faltó la oportunidad que los jugadores también buscan. Siempre ha estado con nosotros, los de inferiores. Eso sí, sus fines de semana son largos: acompaña a todos los entrenadores de las diferentes categorías a las diferentes canchas de la ciudad. Pero nadie sabe nada sobre él. El viejo siempre está con una sonrisa en el rostro, corriendo para aquí y para allá.

La primera vez que lo escuché reaccionar con rabia hacia ese comentario despectivo fue cuando nuestro entrenador, en unas pruebas que estaba haciendo el club para captar talentos, le dijo a su asistente técnico que, de los que había, ni uno servía de aguatero. Rapidol le lanzó una mirada juzgadora. Él me estaba ayudando a estirar los cuádriceps y dijo, otra vez, entre labios, «¡Ja! Yo hasta más que usted debo jugar».

Yo lo había visto patear un par de veces cuando nos alcanzaba las pelotas que se iban lejos y el viejo le daba con técnica, metiendo bien el empeine. Además, he estado en el club desde la sub 13; hoy estoy en sub 17 y consejos buenos me ha dado. Pura sabiduría. Es un viejo curtido, sobre todo aconsejaba a los que se dejaban hablar y no se hacían los que lo escuchaban mientras lo ignoraban. Rapidol se daba cuenta de quiénes se creían estrellas y que lo que les entraba por un oído, les salía por el otro. A mí me enseñó varias cosas que me han servido mucho. «De espalda siempre a un toque, es primaria básica, Ricardito», así tal cual. Sin ponerse colorado, me dijo una vez que un lateral me echó la carrocería encima por intentar controlarla. «Perfílese para recibir, controle con la pierna alejada, así se puede girar y ponerse de cara rápidamente. La gambeta es inútil cuando el pase es posible, juegue simple». De modo que yo crecí en mi juego gracias a él.

Hay personas que saben mucho de fútbol, pero nunca han tocado una pelota. Por eso no sabía en donde podía ubicar a Rapidol, porque patear sí sabía, pero jugar es otra cosa. De igual forma, yo lo escuchaba porque el que no oye consejo no llega a viejo, y además tenía razón. Por supuesto, yo guardaba mis dudas, pero me reservaba el veredicto consagratorio.

—Yo fui bueno —me contó una vez que me acompañó en la recuperación de mi rodilla—. Pero bueno, bueno. Aunque nunca me lo creí, el miedo al fracaso me consumió el talento. Me morí en vida el día que tenía que demostrarlo, el día que fueron a verme. Casi sentí que con la partida de ese presidente de la grada se iban mis sueños, me temblaban las piernas. Por eso nunca me despegué del fútbol. Estoy aferrado, como un niño a su juguete favorito, nunca me permití aprender otra cosa.

»En una tarde de resignación decidí verlos desde afuera, bajar la cabeza y darles consejos a los que pasan por lo que yo viví y no logran manejar su mente. Puta, y tengo que aguantarme que el ser aguatero sea sinónimo de tronco. Yo sé que se volvió un cliché, hasta chistoso, pero duele. Duele ver como tu talento está en el cementerio de lo que pudo ser.

»No crea, todavía eso me desgarra las entrañas. Dolía escuchar que era un *crack* en un partido del piratazo del domingo, y para qué, si me cagaba cuando realmente tenía que jugar. La cabeza es el peor enemigo del ser humano, todos lo saben. El verdadero problema es aprender a controlar ese miura. No es fácil para todos, son pocos los elegidos que se le paran al frente. A mí la cabeza me jodió, tenía mierda en ella, como alguna vez me dijo un entrenador.

»Créaselo, Ricardito, créaselo. ¿Técnico? Noooo, si como todos los que quieren superar un amor me fui por el lado malo, el alcohol no me dejó emanciparme de ese duelo. Me ahogué en el veneno de lo irrevocable y cuando toqué fondo un conocido de este club me dio la oportunidad de empezar de cero. La agonía ha sido perpetua, más viéndome en ustedes todos los días. Pero yo no puedo estar ajeno al olor del pasto mojado, al golpe seco del balón. Lejos de los gritos honestos que generan los goles en los últimos minutos, ajeno al vértigo de los partidos bravos. A veces las palabras que desean expresar en realidad invocan —me dijo al finalizar— que si volvía a tener una oportunidad de callar bocas la tomaría sin pensarlo.

El día D fue una hecatombe. Ocurrió como los milagros. Yo sabía que ya venía aguantando mucho. Solo faltaba un detonante envenenado. Un dardo de esos que hieren el ego de cualquier futbolista. Me acordé de sus palabras. Estábamos jugando un amistoso contra un equipo profesional, éramos *sparrings* de vez en cuando. El técnico de ellos dijo, en un momento de exasperación y llevándose las manos a la cara: «Si ese no mejora, va a terminar de aguatero», refiriéndose a un jugador de los suyos. No sé cuántas oportunidades da la vida para cobrarse los desprecios, pero ese día Rapidol la tomó por los cuernos. Se quitó el pantalón y la chaqueta con rapidez, quedó en guayos y medias a la mitad de los gemelos y le pidió a nuestro entrenador que lo metiera. Yo le tomé el brazo al entrenador y él lo entendió con compasión. Fue tanta la seguridad con la que lo dijo que no dio tiempo ni a pensar, hasta el árbitro al ver quién iba entrar quedó en *shock*. No sé cómo pasó, ni me lo pregunten: en un parpadear, ya estaba dentro de la cancha con sus cuarenta y ocho años.

No estábamos listos para lo que iba a pasar, les digo. Pese al rostro de no entender nada de los que estábamos esa mañana en la sede deportiva del club, el árbitro continuó el partido.

Dios fue cómplice. La Bogotá nublada se despejó y el sol brilló. Ya no importaba el miedo, ya no importaron los nervios. Despedazó al destino de una manera hermosa. Jugó su único partido contra un equipo profesional en lo que para mí fue un relato artístico de revancha dentro de la cancha. Persiguieron una sombra el resto del partido. La primera, si es que la controló, la recibió de espaldas, con un amague «vengo pero voy» dejó pasar el balón y a los dos pivotes atrás y metió un cambio de frente lindísimo al pie, de esos que dicen «no se mueva que ahí le va a llegar».

Pienso que en su juventud fue volante de creación, porque tenía una visión de juego cenital. Parecía que estuviera viendo el partido desde el cielo. Hizo un «toco y me voy» por aquí, seguido de un túnel precioso que se ganó el «¡Ooooh!» de todos. «Si el que corre es la pelota», decía mi papá. Cuánta verdad en esas palabras de mi viejo. Corrían todos menos él, siempre estaba bien ubicado. Se hizo dueño de la mitad de la cancha con casi cincuenta años de edad. Mis ojos, y los de todos, no es que no creyeran lo que estaban viendo, es que cuando se está expuesto a cosas grandiosas lo único que queda es la admiración, disfrutar del paisaje en movimiento. Una *masterclass* de mi querido aguatero ese día. Su corazón no aguantó y la transverberación se hizo presente ante nuestras obnubiladas miradas. Se reivindicó para la eternidad.

Ojos al cielo

Mirar hacia el cielo es la representación gráfica del agradecimiento eterno, de ese contacto intangible con el ser superior donde el único testigo es el silencio. Crecer en una casa en la que todos los integrantes son hinchas del mismo club es, desde mucho antes de nacer, tener la camiseta del ídolo máximo pintada en el dorsal. Los cuentos para dormir son esas tardes en que se salió campeón una y otra vez, y los domingos, ¡ah, benditos domingos!, son para ir a la cancha, allá a la catedral, ese lugar de tantas alegrías y tantas desgracias. Ese sitio, además, y como si fuera poco, tiene un coro de desafinados que se encarga de darle música al ritual. Las puteadas al hombre que viste de negro, las banderas y las camisetas terminan de adornar mis tardes dominicales. Todo un espectáculo le cuento.

Pero déjeme decirle algo, si usted nació en una familia futbolera, y más si su padre es hincha y socio de un club, el balompié siempre será un medio para explicar la vida. ¿O no? En mi caso, y durante toda mi corta existencia, he escuchado que la vida es como el fútbol. ¿Y qué te puedo decir yo? ¡Pues que sí! En mi casa nunca ha faltado nada, pero tampoco ha sobrado. Mi viejo siempre ha trabajado y mi vieja se ha dedicado a las labores de la casa, trabajo difícil y poco gratificante, aclaro. Algo así como el utilero de un club pendiente de que todo esté limpio y ordenado.

Las crisis siempre traen hundimientos. Unas despiden técnicos, otras dejan sin trabajo a las personas y otras, aún más grandes, generan levantamientos y revoluciones sociales.

Un día mi padre llegó a casa y no hizo conmigo la pared de bienvenida. El balón rodó entre sus piernas justo en el momento en que dio el paso hacia adelante. Hacer el uno-dos justo cuando abría la puerta ha sido por años nuestro saludo secreto. Yo hacía el pase raso a la puerta. Él, de espalda al arco, me la devolvía de primera, como debe ser. Yo, como un 9 que queda de frente al arco, remataba hacia la cocina mientras mi mamá cambiaba el gol por un «en la casa no se juega fútbol, ¿cuántas veces les he dicho?», y nosotros nos echábamos a reír.

Su cara se parecía a la de un hincha al que el fondo de la tabla no le perdonó el descenso. Y no era para menos. Mi viejo se sentó en su sillón, donde se posaba cuando tenía que reprendernos, hablar de cosas serias y dar indicaciones como guía para la vida. Tomó aire y anunció, con voz entrecortada, que lo habían despedido. Un recorte de personal por la crisis del país había sido el detonante de la destitución.

A la mañana siguiente el día se puso gris. Mi viejo se levantó muy temprano, como de costumbre. Se arregló, pero un fuerte golpe de realidad le recordó cuál era su situación actual. Veinte años le dedicó a esa empresa, ¿y para qué? Para que lo sacaran como a un perro. Ya les conté que mi transición de bebé a niño estuvo llena de vueltas olímpicas. Sin embargo, este año la cosa iba chueca, pues arrancamos el campeonato con tres empates y cuatro derrotas. Para la mitad de la temporada el Apocalipsis ya se había cargado tres técnicos y nos tenía de últimos en la tabla. La hinchada estaba nerviosa, los cánticos en las tribunas ya no eran de aliento sino de una rabia que no aguantó el muro de contención y se despachó contra jugadores y dirigentes.

Imagínense cómo estábamos en casa. Por un lado, mi viejo sin trabajo y por el otro el equipo de nuestros amores en puestos de descenso directo. El infierno en vida. Ya conté que mi papá siempre nos educó a mis hermanos y a mí con base en el fútbol. Un día se levantó más temprano de lo normal, tal vez la noche anterior no pudo dormir. ¡Pobre! Levantar una familia debe ser cosa de héroes. Mí superhéroe tuvo tan mala suerte que me encontró en la sala haciendo toques contra la pared.

—¿Qué haces despierto? —me dijo.

—No puedo dormir, pa —le respondí.

—Ponte una pantaloneta y vamos a patear por las calles, me dijo con voz firme.

Yo sabía que salir a patear el balón por las calles, al ritmo de la ciudad, era síntoma de que se venía un consejo que me iba a marcar para toda la vida. Siempre lo escuchaba como quien escucha al papa en la plaza de San Pedro. Sus palabras para mí eran aliento.

—*Crack* —me dijo—, la vida no es un cuento de hadas. Van a venir momentos difíciles y momentos fáciles, así como en el fútbol. Pero nunca pierdas la alegría. Sé que estamos pasando momentos difíciles, pero tú tienes que ser como los jugadores de carácter. Esos que tienen la personalidad para echarse un equipo al hombro cuando el partido está jodido. Aquellos que empiezan a pedir la pelota, y que con la papa caliente se agrandan, contagian al resto de sus compañeros y terminan ganando el partido así sea en el último minuto. Los ídolos.

Lo miré a los ojos y al oírlo hablar con esa seguridad me tranquilizó.

Para ese entonces llegaron las vacaciones del colegio y con ellas el parón de mitad de temporada de la liga. Durante el verano mi padre aún seguía sin trabajo, pero se rebuscaba haciendo una que otra cosa en las calles, como trabajos por días. A consecuencia de sus palabras yo decidí ayudar saliendo a vender las arepas que preparaba mi vieja y tuve tanta suerte que para el mediodía ya las había vendido todas y podía ir a jugar a la cancha del barrio con mis amigos de la cuadra. Sin embargo, en la otra mitad de mi vida, el club no hacía nada por traer refuerzos y no se escuchaban rumores de ningún fichaje. Ni siquiera los vende humo de los programas de televisión hablaban de nosotros. Nadie quería venir con esa situación.

Para nuestro consuelo, el ídolo de mi padre, ese que se fue a ganar millones a Europa, nos dio una noticia que nos alegraba la vida entre tanta lucha. La radio anunciaba el regreso del 10 justo en el último día del mercado de pases.

Sus declaraciones nos llenaron de esperanza. Fue como estar escuchando a mi padre. «Vengo a dar todo de mí para que esta gran institución no se la consuma el descenso», dijo. Pasaban las fechas y el equipo no cogía ritmo. Nuestro héroe luchaba y luchaba, pero las cosas no salían y la incertidumbre silenció las gradas. Llegó la última fecha de local y el rival de toda la vida tenía en sus manos la posibilidad de mandarnos a la B. Sí, así como lo oyen, el rival de patio podía mandarnos a la B. Solo con el empate jugaríamos en la segunda división por primera vez en nuestra gloriosa historia.

En la inocencia de la niñez pocas veces se conoce el significado de las prioridades, a menos que sea cambiar un dulce por algo mejor. Yo no quería vivir ese partido desde casa. Sabía de antemano que pedirle a mi viejo que me llevara a la cancha el domingo no era una posibilidad. Cuando mi padre me preguntó si quería ir le contesté con seguridad:

—No, pa. Hay cosas más importantes.

Él me miró con cara de asombro y se le aguaron los ojos. La semana previa al domingo de definición fue una tortura. Incluso no percibí la intermitencia con la que vi a mi viejo. Llegó el día. Primero me despertó muy temprano y seguido a esto me dijo que me alistara porque teníamos algo muy importante que hacer. Él sabía que mi ropa de domingo era mi camiseta del equipo, una sudadera, tenis blancos y la gorra del club que me regalaron una vez en Navidad. Me vestí pensando en que sí íbamos a trabajar era probable que me perdería el partido. Me dio un desayuno que solo estuvo acompañado del ruido de los cubiertos.

Ambos estábamos nerviosos y bueno, qué esperaban, descender era una posibilidad. El que nos había dado tantas alegrías durante tanto tiempo hoy podría ser nuestro golpe y a la lona. Salimos de casa y cogimos el bus que nos llevaba a la cancha. Se me hizo raro, pero no dije nada. Pasaron las estaciones y aún no nos bajábamos. La angustia e incertidumbre que inundaban mi mente fueron interrumpidas por una extraña sonrisa. Metió las manos al bolsillo de su chaqueta vieja del club, esa que mi mamá tantas veces había querido botar aludiendo que estaba fea y descolorida, y sacó dos boletas.

Mi rostro se iluminó, pero aguanté las lágrimas. Terminó la entrega con estas palabras:

—Has estado para la familia cuando más lo hemos necesitado y ahora estamos juntos en esto. Vamos a alentar al equipo y pase lo que pase estaremos los dos en este día. Tú, yo, nuestro ídolo, diez más y 60 000 almas.

Ahí comprendí las recurrentes ausencias de la semana. El viejo trabajó durante el día y la noche para suplir las necesidades de la casa y poder comprar las dos entradas.

Antes de entrar a la cancha me dijo: «hoy no descendemos», y otra vez sus palabras me hacían creer.

Este domingo no era como los demás. Ese día las tribunas se fueron llenando en silencio. Creo que la adrenalina de lo que estaba a punto de ocurrir fue levantando los ánimos y el estadio se llenó de cantos, banderas y gritos. Con el pasar de los minutos las caras de los presentes se fueron transformando y la preocupación anunciaba un trágico final. Los rivales de toda la vida estaban jugando el partido de sus vidas. No estaban peleando el campeonato, pero mandarnos a la B significaba casi como ganar la Copa del Mundo.

Los muy perros peleaban cada pelota, perdían tiempo a propósito, caminaban para sacar los tiros de esquina y disfrutaban de nuestro sufrimiento. El 10 de mi equipo notó el silencio sepulcral que ambientaba la tarde y con fiereza levantó los brazos pidiéndonos un empujón más. El partido no se sabía acabado. Ese envión anímico enardeció las gradas, que se vinieron abajo con el «yo te sigo a todas partes en las buenas y en la malas». A falta de dos minutos en el marcador y un cero a cero traicionero, uno de los nuestros cogió el balón en medio campo. Hizo el 1-2 con un compañero que se la devolvió de primera. Al recibir de nuevo el balón lo acomodó para la diestra y remató desde fuera del área un disparo precioso que se clavó en el ángulo del guardameta rival.

Sonó el pito del árbitro que indicaba el gol y, de paso, el final del partido. Por un momento mi viejo y yo sentimos que la vida se apiadó de nosotros. Nuestro 10, su ídolo, alzó los ojos al cielo al ritmo de la cruz que dibujaba su mano. Y aunque somos, él y nosotros recíprocamente ajenos, hicimos lo mismo entre lágrimas como si la complicidad con el de arriba nos uniera en el agradecimiento eterno.

Goles con sabor a caña

Decidió patear por segunda vez el tiro libre que la suerte le puso en el mismo lugar. El primero lo había mandado a la tribuna y los abucheos de 90 000 personas lo dejaron con la cabeza abajo. Su carácter rebelde, que lo caracterizó toda la vida, le hizo tomar el balón por segunda vez. Misma barrera, pita el árbitro y un jugador que achica hacia el balón como para impedir una segunda jugada. Sin embargo, acarició la pelota con el borde interno del pie y haciendo todo el recorrido de la pierna, como dice el manual, clavó en el ángulo el 1-0 que silenciaría después de cincuenta y ocho fechas al invencible Milán.

El viejo mundo ha sido el sueño para los latinoamericanos. El himno de la Champions League, la Europa League, la elegancia de las tribunas y los estadios lujosos. Europa tiene otras dificultades pero, sobre todo, más oportunidades. El factor económico cumple la misión motivacional para los futbolistas de nuestra región. Soñar con una casa para la familia, ayudar a los hermanos y proveer un futuro mejor son quizás las metas para los que sueñan con el fútbol profesional.

Por suerte o por desgracia, el fútbol en América Latina se convierte en una oportunidad para los que nunca tuvieron una. Pero hoy vamos a viajar a una sociedad donde, así como la salsa, el fútbol es de barrio. El Valle del Cauca es uno de los treinta y dos departamentos que forman la República de Colombia. Esta hermosa región del país cafetero es caña de azúcar, gente alegre y pujante, mujeres que son como las flores, sabor, cholao,[18] chontaduro,[19] salsa y cuna de grandes jugadores de fútbol. El departamento está conformado por cuarenta y dos municipios, y entre ellos hay uno que fue la cuna de la figura que llenó dos álbumes del Panini.

Transcurría el año 1969 y en un hospital del municipio de Tuluá nació el hombre que pondría a madrugar a todo un país. Las dificultades de su carácter fueron anuladas por su talento. Su primera selección, la que representaba a su natal Tuluá, no se pudo consumar por decisión del técnico de la época, quien decidió dejarlo en el banco en un partido amistoso. Faustino Hernán Asprilla Hinestroza, más conocido como el Tino, escuchó que no sería titular. Se quitó el uniforme, tomó su maleta, se cambió y se marchó del terreno sin tocar un solo balón. Pero profe, ¿cómo vas a dejar a un *crack en la banca? Si su alma está en el verde, ellos quieren jugar siempre. Algunos hoy siguen sin entender la naturaleza de este comportamiento.*

Pasó por la selección del Valle y tampoco dejó buenos recuerdos. Su fama de indisciplinado fuera de las canchas y el nulo éxito durante un torneo departamental calentaba las tribunas. Unos pedían que lo sacaran del campo y otros, más radicales, que fuera expulsado del equipo. Era imposible negar que el chico tenía condiciones, y es que «un jugador se ve hasta en el caminado», dicen los viejos del potrero. A pesar de que este ni caminar sabía con la pelota, mamita querida.

Su figura era un poco extraña. Sus piernas y sus brazos eran más largos de lo normal para su físico, pero la amplitud de sus zancadas y la agilidad en sus movimientos le daba una ventaja

18 Ensalada de frutas típica del Valle del Cauca.
19 Fruta tropical.

sobre los demás. Era una flecha corriendo. Su primera frustración fue en la Sarmiento Lora, que para muchos es la universidad del fútbol en Colombia. De la institución vallecaucana se han nutrido todos los equipos de fútbol del país. El Tino llegó con un sueño claro: jugar en algún equipo grande de la región, pero el Deportivo Cali lo rechazó y tuvo que emigrar, entre tristeza y rabia, hacia la frontera de Colombia. El Cúcuta Deportivo sería su casa.

21 de mayo de 1989, primera fecha de la Copa Colombia y al frente el poderoso equipo azul, Millonarios FC. Como verdugo para los delanteros está el arquero. Esa tarde el guardameta argentino Goycochea fue el elegido para el Tino, quien con diecinueve años tuvo su alternativa en la Primera División. A los veintiocho minutos de iniciado el encuentro marcó su primer gol con el Cúcuta. El primero de muchos en su carrera deportiva. Los ocañeros, gentilicio para los que nacen en Ocaña, vieron el nacimiento de un *killer*, y los clásicos, los de antaño, el del mejor delantero de la historia del fútbol colombiano. Un remate elevado después de un error del rival dejaría el pleito 2-1 a favor del Cúcuta. Faustino fue nombrado la figura del encuentro.

Nuestro delantero poco a poco se fue ganando el respeto de grandes y chicos. El reconocido equipo colombiano Atlético Nacional se lo llevó, y con él llegaron los primeros títulos. También llegó la convocatoria a la selección mayor, el Preolímpico de 1982 y el tan esperado guiño por parte de los europeos. Para nosotros, los que venimos de países pobres, tal vez olvidados y rezagados en el tiempo, emigrar ha sido la opción bajo la manga. Según las potencias somos tercermundistas, aunque no se bajo qué argumentos fundamentan ese adjetivo. Levantarse y tener en el patio de tu casa frutas y verduras listas para comer durante todo el año debe ser un privilegio que pocos países en el mundo pueden tener. Por eso, cuando empiezas a ver a tu alrededor, el «mal de inmigrante» se va disipando, empiezas a notar cómo los rascacielos, los trenes y las grandes vías pierden sentido.

Esta vez el Tino se fue para Europa, así como muchos colombianos, pero en circunstancias distintas. Lo hizo para hacer patria y buscar un futuro mejor. Italia sería su casa, en una región llamada Emilia-Romaña. El Parma le abría las puertas y los despertadores en Colombia empezaron a funcionar de manera muy inusual los domingos. El tipo se vestía de corto cada ocho días para alegrarnos la semana con triunfos ajenos. Su hazañas eran el pan en el desayuno.

Este señor que se gana la vida pateando un balón dejó tatuados en una generación tres momentos que vuelven una y otra vez en las tertulias futboleras. El primero ya lo conté como entradilla. En el segundo momento viajó a la velocidad de sus piernas hasta Londres, en la Champions League, frente al Barcelona de Louis Van Gaal. El poderoso equipo catalán de Figo, Rivaldo y Luis Enrique aterrizó en el St. James' Park, casa del Newcastle United. El Tino ya era una urraca, apodo que les tienen a los que representan al club inglés. Para ponerlos en contexto, dejaré que el mismo protagonista, nuestro Fausto, cuente aquella mágica noche en la que no fue uno, ni dos, sino tres los goles que marcó. El único colombiano en la historia en hacer un triplete en la Champions League.

El primer gol fue de penalti: «Al ver que nadie de mis compañeros tuvo la valentía de ir a cobrar o decir "yo pateo", todo el mundo se miró y yo agarré la pelota. Cuando veo que se va a tirar, le pego un poquito más al costado, él alcanza a tocar la pelota pero fue imposible».

Cabezazo para el segundo: «Gillespie es uno de los jugadores más rápidos que vi, tiraba sin mirar a donde la ponía. Cuando vi que tiró el centro me levanté, no sé cuanto salté, pero rematé con fuerza la pelota y pasó por encima del arquero».

Amague para el triplete: «Yo le hago un amague a Nadal, cuando el defensor sale al primer palo yo retrocedo, miro al arquero y la pongo exactamente en donde yo quería».

Triplete en Champions: «Marcar un triplete en Champions no es nada fácil, después de que terminó el partido me di cuenta de lo que había hecho, antes no. Eso es lindo, después de que terminas tu carrera deportiva quedan estas cosas que lograste».

Por desgracia no pude ver ese partido, solo tenía seis años de edad, pero escuchar a los que lo vieron y sintieron el pecho inflado al leer los titulares de los periódicos es como haber estado ahí al frente del televisor. El mundo se rindió a sus pies, incluso se habló de que pudo haber sido el mejor del mundo, pero que no quiso.

El tercer momento lo selló en Buenos Aires, Argentina. El Tino nos regaló dos goles con sabor a caña en la última fecha de eliminatoria para el Mundial de 1994 en Estados Unidos. Domingo, 5 de septiembre de 1993. Estadio Monumental, casa de River Plate y en la tribuna nada más y nada menos que el Diego, el gran Diego Armando Maradona. Ese día, según cuenta la leyenda, la Selección Colombia le metió 5-0 al combinado argentino ante 70 000 almas que adornaban el mítico Monumental de celeste y blanco.

El Tino comenzó el encuentro haciendo el reconocimiento del campo como si estuviera en las calles de Tuluá. Parado en la mitad de la cancha hablando por celular mientras las tribunas se le venían encima a punta de insultos e improperios. «Los colombianos están de luto, son todos negros, son todos putos», cantaban los argentinos, pero en Colombia hay un dicho que reza que «a palabras necias, oídos sordos». Él, en una muestra de extrema confianza, levantó el brazo y marcó con su mano el número dos. Quién diría que esa señal fue la predicción de los goles que le marcaría a Goycochea, tal como en la tarde de su debut.

Diferente escenario, diferentes equipos, pero los mismos protagonistas. Rincón cambió de frente, Faustino controló la pelota y con un paso de salsa, para aquí y para allá, engañó a Borelli, el defensor argentino. El balón le quedó un poco largo, pero él, en su inmensa sabiduría, decidió tirarse al suelo como en el barrio para pegarle más rápido y de caño. ¡Óiganlo bien! De caño se fue al fondo de la red. Los doblemente campeones del mundo caían ante nosotros, que, aunque no teníamos alguna victoria importante, habíamos acumulado abrazos de tristeza en cada eliminación.

Hay noches que no puedes borrar de la mente, y para Borelli esta fue una de ellas. Pobre, le tocó bailar con la más fea. Faustino apretó, le robó una pelota en tres cuartos de cancha y se fue solo en velocidad. Goyco achicó bien, pero es tanta la agilidad mental de los *cracks que tienen tiempo hasta de mirar qué rival viene o qué* compañero está mejor posicionado. El Tino levantó la cabeza, hizo una pausa, abrió la cara interna del pie y metió un chanfle majestuoso que se clavó en el ángulo de la tribuna norte o sur, no importa, pero desde atrás tuvo que haberse visto muy linda esa parábola.

Yo soy de los que, para bien o para mal, separo el fútbol de las biografías. Guardo los goles, las alegrías, las atajadas, los pases y las dejadas del alma en el campo de fútbol. No intento ocultar la forma en la que llevó su vida porque en definitiva es suya y mi moral no me permite juzgarlo. Quizás porque tal vez él tenga menos o más defectos que yo o que quienes leen estas líneas. Al menos sé que muchos guardarán para el recuerdo si no estos tres momentos, su peculiar voltereta para celebrar los goles.

Cuando pase el temblor

—Venga, *pelao*, caliente, ¡hoy debuta! —escuchó el chico que llevaba en su dorsal el número 27.

El mensaje que traía el viento lo puso tan nervioso que sentía convulsiones internas. Sus piernas eran testigos directos, ¿cómo no?, si el cuerpo somatiza en reflejos involuntarios lo que el alma calla. La diestra y la zurda se desahogaban en movimientos sin control. ¿Miedo, quizás? Sin duda. Por eso su sentimiento era por completo normal y a la vez motivo de indulto. Por fin había llegado la oportunidad que venía buscando.

El contexto era asfixiante: 45 000 almas que formaban un griterío afinadamente provocador aplastaban su confianza, además de un árbitro localista de los que se duda hasta de su sexualidad y un rival hostil. El debutante, que estaba sentado en la tercera silla de las ocho que había en el banco de suplentes se levantó con lentitud del asiento de plástico color rojo, se puso el peto blanco y se dirigió a la zona de calentamiento junto al preparador físico. Comenzó los ejercicios precompetitivos al grito de «Dale máquina, métele con todo», *skipping* a buen ritmo, y «ahora piques cortos ida y vuela a toda velocidad». Siguió las órdenes al pie de la letra y poco a poco fue entrando en calor.

Cuando un estadio tiene pista atlética se está a una distancia considerable del público, pero este no era el caso. La cancha del debut quedaba muy pegada a la malla que dividía el césped y el cemento de las gradas donde se ubican los hinchas, lo cual genera una presión aún más insoportable.

Desde la tribuna local, como era normal en este tipo de campos, una frase llegó a sus oídos como un puñal que lo llevó unos años atrás: «¿a quién vas a meter si con esas piernitas parece una garza?».

Entonces, el 27 recordó cuántas veces entrenadores y excompañeros le dijeron lo mismo, que cómo iba a llegar a primera si era un flaco desgarbado, que con esas piernas de pitillo no podía ni subirse al bus, y un montón de descalificaciones que forjaron su carácter y hoy lo tienen a escasos cinco minutos de jugar en la máxima categoría del fútbol profesional. Se acercó a paso lento a la malla, olvidando que esa es la idiosincrasia del hincha futbolero, mientras tomaba agua de una bolsa de plástico. Miró fijamente al indecente, sus ojos llevaban fuego, y le dijo con una tensa calma «Me verás volar cuando entre y pase el temblor». Sus palabras llevaban la seguridad de un jugador con trescientos partidos en los pies. Como si todo el escenario lo hubiera escuchado, el debutante sintió que el público entero se fraguó en un silencio fúnebre. Sintió paz.

Del que lleva el dorsal 27 y que juega de interior izquierdo se ha dicho que es un jugador de una técnica exquisita, posicionalmente inteligente y que sabe interpretar el juego. Pero, además, y lo más importante, es solidario, de los que descienden para dar apoyos a los compañeros: corrige, hace coberturas a su línea y es generoso en los pases. Se mueve y pide la pelota, no para sentirse importante, sino para potenciar a sus compañeros. Un trabajador de los que necesita cualquier organización.

El debutante se acercó a la mitad de la cancha junto a la raya de cal. Un cartel luminoso se posicionó en lo más alto de la parroquia rectangular como ofrenda a los dioses del fútbol, y se dibujó en sus bombillos rojos led el 27. Lo que pasó después se puede ver cada fin de semana en las diferentes catedrales de la religión más humana del mundo, cuando un técnico le da el sí a un debutante.

La gambeta

¡Oh, querida gambeta! ¡No desaparezcas nunca! Perdónalos, porque no saben lo que dicen. Discúlpalos por querer censurar tu personalidad anárquica en pro de simplificar el juego. La inspiración es caprichosa, aparece de vez en cuando. ¿Hoy? ¿Mañana? ¡Quién sabe!, pero cuando aparece tumba a su paso realidades que pensábamos como absolutas. Tal vez otro día y con el mismo contexto no aparecerá y el resultado será distinto.

En un deporte en el que la certeza queda en el limbo, aparece la gambeta como la tierra de nadie. Este recurso que viene del barrio y del que muchos se han servido para burlar a un rival que amenaza con romperle las piernas es ridículamente atractivo. Los pases se pulen y el cuerpo se talla, pero la gambeta no. Esa es un enigma; son muchos los profesionales, pero pocos los elegidos. El regate, sinónimo de gambeta, no tiene normas, no se aprende, su nacimiento es irracional. Como una obra de arte que nace en el lienzo sin dar explicaciones. No cabe dentro del análisis de la razón, ¿Por qué unos sí y otros no? ¿Por qué aparece espontáneamente? ¿De dónde viene? Será que se entra en un trance de segundos que la impulsa a salir con su desfachatez para solucionarlo todo. Una facilitadora enemiga de las pizarras. Un engaño bello que escapa al tacticismo sin miedo.

A nuestras almas atribuladas por tanto resultadismo solo les queda tu provocadora aparición para levantarnos de la silla, como el torero, después de una sesión de naturales, despacitos, derechazos templados, y una finalización con un pase de pecho mirando al horizonte. Por siempre y para siempre es la antagónica que dibuja sonrisas en los que tienen la posibilidad de verte florecer.

Detén el tiempo y suéltalo al ritmo de los pies mágicos que te inventan. Vive sin preocupaciones y convive con el riesgo atrapante que trae intentarlo en campo propio. Si supieras la exquisitez que es verte en cámara lenta, apreciando fotograma por fotograma, viajarías más a menudo al mundo de la realidad donde las leyes no le dejan espacio a la imaginación.

Los que son pobres de espíritu te niegan porque no conocen la poesía de una bicicleta. A quienes no les gusta el arte no les gusta la vida, amiga gambeta. ¿Sabes? Esa aversión kafkiana está basada en argumentos sin valor, autoritarios. Tú sé fellinesca: Un carnaval toda la vida; divertida, disruptiva. Asfixia con tu discurso artístico al fútbol profesional que está contaminado por responsabilidades absurdas cada domingo. Eres y serás el más hermoso pecado de un jugador de fútbol.

No te vayas nunca, y que no te digan que no eres bienvenida.

Amistad eterna

Hay amigos pasajeros, como los que solo te acompañan por un pequeño período de tiempo pero quedan en el eterno recuerdo. También hay otros que nacen en la misma esquina y duran para toda la vida. Hay amigos de fiesta, del colegio, de travesuras, de negocios, de peleas, de viajes. Para cada momento hay un amigo, dicen. Está el que llamas en la desolación, porque sabes que tiene la palabra justa para dar calma. También el que lleva la alegría como forma de vida y siempre te saca una sonrisa. Sin embargo, hay una clase de amigos, una clase extraña, que solo se encuentra en un lugar: en la cancha.

Creeríamos que los amigos en el fútbol son las llamadas «pequeñas sociedades», esas que se dan en el campo de manera natural, donde se juntan dos jugadores que entienden el fútbol de la misma manera y se potencian uno al otro, pero el «amigo que me dejó el fútbol» va más allá. Por una banda están los que solos frente al arquero comparten, con un pase, la gloria: «toma, hazlo tú». En el cambio de frente están los que salen con una plancha hacia adelante para cobrarse una falta cometida una jugada antes y que no se la hicieron precisamente a él. Cuando el rendimiento no aparece y la hinchada aprieta, este sale al frente a ponerle el pecho a los silbidos e insultos que vienen de las gradas. Como con pañuelo amarillo, pidiendo indulto. Luego están los que son rivales en el campo pero apenas termina el partido hay mucho de qué hablar en el camerino o en el túnel. De este lado aparecen los cómplices, los que inventan alguna jugada solo con la mirada.

Los amigos del fútbol son una especie rara y que menos mal no está en extinción en este mundo de caretas. Los une el amor por la pelota, y como ese amor es puro sin duda la amistad será igual. Las amistades en otras áreas, y perdón el atrevimiento, son un viaje hacia la duda, las de la pelota al piso no. Con contundencia puedo decir que perduran y se mantienen como la última vez que se vieron a pesar del silencio ininterrumpido de muchos años.

Si nos vamos hacía los hinchas, hay los que son hijos de diferentes madres, pero comparten los mismos latidos por un club, y están los traidores que se fueron con otra camiseta que, aunque son ajenos, se aman a pesar de las burlas de un lado y de otro. Un abrazo de ellos representa los mismos códigos, y eso en la vida es invaluable.

La moral no se vende, amigos, por eso, en consecuencia, los códigos en el fútbol se convierten en dogmas para la vida. Así que si tiene un amigo que le dejó el fútbol lo felicito, acá tiene otro. Tendrá para siempre en su vida esos linajes que honran y un pase cuando todos, los otros, lo hayan abandonado.

El ballet de Estefanía

—Hija, el fútbol no es para mujeres.

—¿Por qué, mamá?

—Porque es un deporte de hombres y las que juegan son marimachas.

—Pero yo no soy eso que dijiste, no sé qué es y nunca me lo han dicho tampoco. Pero soy buena, mira como juego con esta pelota de naranja. Hasta le gané a mi hermano el otro día en la sala. Se puso tan bravo que me dijo que nunca más volviera a coger su balón.

—Hija es mejor que escojas otra cosa. ¿Por qué no haces ballet o gimnasia?

—¡No, mamá! ¡Qué aburrido! Yo quiero jugar fútbol y ser como Marta.

—¿Y quién es Marta?

—La mejor jugadora del mundo, es de Brasil, ha ganado cinco veces el Balón de Oro. Juega muy bien, mejor que algunos hombres de los partidos que ve papá con mi hermano.

—No sé si eso le vaya a gustar a tu papá. Es mejor que busques otro deporte.

—Mamá, por favor, es lo que quiero hacer.

—Déjame que lo hable con papá y veo qué puedo hacer, aunque yo tampoco es que esté muy de acuerdo la verdad, Estefanía.

Recuerdo que esa fue la primera conversación seria que tuve con mi mamá sobre fútbol. Yo estaba empecinada en hacerlo. Mi hermano, a decir verdad, era un tronco, tenía las piernas de palo el pobre. A mí, modestia aparte, Dios me dio una técnica tan fina con los pies que cuando jugaba parecía que bailaba ballet por el campo. Para esa época tenía trece años, «empecé» un poco tarde. La mayoría de los niños arranca su formación a los cinco o seis. A mí me tocó pasar por un montón de deportes mientras veía a mi hermano patear la pelota sin sentido alguno en el equipo del club al que mi papá nos llevaba. Sin embargo, mis primeros coqueteos con la redonda fueron a escondidas; mi hermano entrenaba entre semana, martes y jueves, y mientras mis papás llegaban del trabajo yo hacía la tarea del colegio rápido y agarraba la pelota de Pablo, así se llama mi hermano, y jugaba esquivando mesas, plantas, hasta nuestro perro sufrió mis enganches. Le marcaba goles a cualquier forma de arco que se formará en mi casa. Qué días bellos esos. Soñaba con ponerme la camiseta de la Selección Colombia y jugar un Mundial. El sueño de todos, lo sé, pero para mí era sentir hervir mi sangre mientras pateaba a la puerta de mi habitación metiéndola por el ángulo sin tocar el borde de madera, mientras mi cabeza pasaba imágenes de compañeras corriendo detrás mí y yo huyendo hacia el córner gritando, levantando las manos y mirando con fijeza a la tribuna que se fundía en el festejo conmigo.

Hoy, sentada al lado del teléfono de mi casa —sí, todavía usamos teléfono fijo—, mordiéndome las uñas, mirando hacia la nada, se me vienen a la cabeza esos recuerdos que viví en el *hall* de mi casa que lleva de la sala a las habitaciones. Todo es una cancha cuando somos pequeños y la silla en la que estoy sentada fue la que más sufrió mi precisión de francotiradora. La primera vez que mi mamá intercedió por mí con mi viejo, justo después de la conversación que tuvimos y le conté sobre Marta, fue un fracaso, como un descenso de un grande a la segunda división. Mi papá solo dijo, lo recuerdo con la misma tristeza que sentí ese día, «que les deje eso a los hombres y ella que juegue con muñecas como toda la vida». Un machista mi padre, pero así es su generación, no hay mucho por hacer. Son almas educadas de otra manera y un poco a los golpes, conservadurismo puro. Mis oídos habían escuchado la respuesta, sin embargo, sentí los pasos de ella, como disparos al corazón, al atravesar el *hall* para llegar a mi habitación a confírmame lo que yo ya había oído. La miré y le dije:

—No digas nada, gordita, ya sé la respuesta.

Mis ojos se ahogaron en lágrimas, pero mi orgullo no las dejó salir. Las niñas grandes no lloran, dice Fergie, y yo me lo creí y me lo creo.

Mi mamá salió de la habitación y yo solo escuché que le dijo a mi papá: «Estefanía va a jugar fútbol, se caiga esta casa o no, y gústele a quien le guste», y se fue. Mi viejo no contestó nada a tan tremenda determinación. Un par de horas después mi mamá volvió con lo que serían mis primeros guayos; era unos Mercurial morados con el chulo de Nike naranja y una lengüeta que tapaba los cordones.

—Hija, vas a ser lo que tú quieras hacer con tu vida. Tú no eres ni más ni menos que nadie y cuentas con todo mi apoyo.

El sábado de esa semana fue la prueba de fuego: entrar al equipo en el que jugaba mi hermano. Mi madre habló con el entrenador y me consiguió una oportunidad. No fue fácil, tampoco esperaba que lo fuera, pero la prueba para entrar parecía imposible; más de treinta niños de distintas edades, entre los trece y los diecisiete, y solo cinco cupos por categoría que se podían inscribir en la liga local. Además, como no tuve una preparación en lo físico mis piernitas y bracitos no aguantaban las embestidas en los mano a mano por la lucha de un balón que no tenía destinatario. Yo siempre terminaba en el suelo. Pero como escuché una vez en voz de un entrenador: la inteligencia sobre la fuerza. Las que recibí al pie las resolví con intención y la única que tuve, desde media distancia, la clavé al ángulo como en el *hall* de mi casa. Las mamás de los otros niños gritaron mi gol y yo tuve una sonrisa de arcoíris toda la semana, más porque me dijeron que había sido seleccionada y ya podía ir a entrenar entre semana. Hubieran visto la cara de los compañeritos de mi hermano y de los otros niños que fueron esa mañana de sábado a buscarse un lugar. Una niña, sí, una niña, se había quedado con uno de los cinco puestos. Los papás no lo creían y más de uno de los niños se llevó un regaño por no haberme partido una pierna.

Desde ese día mi mamá me ha acompañado, se convenció que no mentía cuando yo le decía que era muy buena y que sí, que las mujeres pueden jugar fútbol mejor que los hombres. Siempre estuvo pendiente de mis medias, de mis uniformes. De ponerme hielo cuando la bondad de los golpes de los niños que no podían aguantar ser superados por una niña se volvían patadas criminales. Mi papá no soportaba que fuera mejor que mi hermano y no se preocupó nunca por ayudarme a entrenar. Ellos salían al parque y entrenaban cuando no teníamos que ir al club. ¡Ay, mi hermosa madre! Se aprendió y escribió los ejercicios en una libretica que tenía para anotar los números telefónicos, solo para poder entrenarme.

Fue tan bueno el trabajo que hizo mi mamá conmigo, cosas de mujeres. Somos perfeccionistas, detallistas, ordenadas, pulidas, incansables; entrenamos tanto y tan bien que mi técnica y mi fútbol cada año fue mejorando hasta el vértigo de la incertidumbre. Mi cabeza se conectó con mi cuerpo, tándem que cada vez solucionaba mejor las cosas en el campo, y entendía el juego en su profundidad. Mi mamá «talló su diamante», como me dijo el día que estábamos sentados en la tribuna viendo un partido de mi hermano. Quince años cargaba en mi espalda y mi hermano en una sub 17. Mi hermano siempre fue suplente, como les dije, no había sido bendecido con talento, pero su actitud lo mantuvo en el equipo. Ese día y como toda casualidad, hermosas casualidades siempre le dan sentido a la vida, faltaron jugadores en la categoría de mi hermano. No completaban los once.

En medio de la tensión de la situación y del segundo pitido del árbitro, mi padre se levantó de su silla, dio unos pasos hacía el entrenador y pronunció unas palabras que jamás pensé que saldrían de su boca: «Mi hija tiene el uniforme del equipo en la maleta y es delantera». Y el mundo se detuvo ante mis ojos. Todo empezó a ocurrir en cámara lenta, como las películas románticas que nunca me gustaron porque parecían imposibles. Nunca sentí miedo, no era una niña asustadiza, pero debo confesar que en ese momento sudaba frío, y no por tener que jugar mi deporte favorito, sino por las palabras de mi padre.

Cuando el entrenador me llamó entré en razón y corrí hacía los minutos que me confirmarían. Me puse la camiseta y me amarré los guayos. Jugué como Diego en el 86, dijo mi papá. Para hacerles el cuento más corto, metí dos goles que nos dieron una victoria de 2-0. Pero eso no fue todo, uno nunca sabe para quién está jugando y quién me tiene sentada al lado del teléfono tragándome las entrañas. Hoy mi mamá no está lanzándome la pelota para que perfeccione el golpe con el empeine, pero su trabajo es una realidad. «El ballet de Estefanía» como me definía cada vez que me veía jugar. Ella perdió el partido, irremediablemente, con un injusto y detestable cáncer de seno no detectado a tiempo, así como un defensa central que sale a destiempo, pero yo acabo de colgar y con lágrimas cayendo por mi rostro, esta vez sin orgullo, le agradezco que por ella estoy convocada a la Selección Colombia.

El día después

No, no, definitivamente no voy a la oficina. Ya lo decidí, no hay vuelta atrás. Me invento alguna enfermedad contagiosa argumentando, además que proteger a mis compañeros es la prioridad. Un acto de solidaridad infrecuente, pero necesario para evitar el purgatorio. Es que no me imagino la llegada hoy a la oficina con las miradas obscenas, las sonrisas burlonas y los comentarios indirectos pero directos a la úlcera. Yo soy de los que tienen más veces en que disfruta de las que sufre. Mis fines de semana son tranquilos y han estado así casi siempre porque, por suerte, desde mis bisabuelos nos han hecho a todos derechos y no torcidos. A algunos, los desdichados, les ha tocado aceptar con resignación cristiana estar del lado incorrecto de la vida. De ahí parte mi inseguridad: no resulta fácil estar siempre arriba; eso crea demasiados enemigos, sobre todo resentidos.

Una vez, Pablo, un compañero de trabajo, tuvo un fin de semana de esos necesariamente olvidables y el día después en la oficina fue un infierno. Todo rimaba con el resultado de su derrota. Pero ahí es donde se ven a los hombres: en la derrota. El tipo aguantó con el estoicismo de Robert de Niro en *Toro salvaje*. Uno puede perder muchas veces en el transcurso del año; pero esa única vez, o dos si hay doble oportunidad, no. Hay partidos que no se pueden perder, así de simple. Para mí, como para el resto de mi familia, es imposible ocultar nuestros exabruptos futboleros. Si pierdo, tengo por paz mental silenciar el sonido del WhatsApp después del pitido final de uno de esos encuentros; lo hago para callar el suplicio y no terminar puteando a todo el mundo. El fútbol y sus estados emocionales de demencia.

Clásico es clásico. Así mi equipo vaya en los primeros lugares y el rival en la mitad de la tabla para abajo, o si por una temporada mala la situación sea al revés, clásico es clásico y el día después es diferente a todos. Pensándolo bien, es tan hermosa esa rivalidad que hasta los quiero un poquito, porque en realidad lo que nos une es más de lo que nos separa: compartimos la misma ciudad, el mismo estadio, los mismos problemas cotidianos, el mismo sol, entre muchas otras cosas. Una complicidad, un vínculo tan diferente como único.

El derbi o clásico, como lo quieran llamar, es la fiesta de todos que se transmite de generación en generación. No importa si algún amigo o familiar de los chiquitos, que son más fáciles de seducir por su cabeza pagana, ha elegido colores diferentes, colores para crear un lazo con una identidad propia: es un partido único; una relación de dos, tóxicamente disfuncional como irrepetiblemente bella. Amor y odio, donde el uno no puede vivir sin el otro. Una pelea constante con sentimientos diferentes y llevados a la narrativa pasional del deporte. Por un lado, la fuerza del local, del que está «en casa»; por el otro, los "visitantes" y la soledad de unos pocos tímidos que rugen para hacerse oír.

Me estoy poniendo un poco sentimental, pero es que se sufre mucho en esa jornada antes del día después. Son muchas sensaciones juntas, pero sobre todo orgullo, mucho orgullo. El mismo que no va a faltar nunca a pesar del resultado. El mismo que, a pesar de ir por debajo en el marcador, comiéndose un baile bárbaro como quedarse en un rondo del Barça de Pep, grita «¡Vamos que se puede!», y levanta los brazos. La nueva generación no entiende estas cosas y cuando se piensa que por fin el sobrino se va a inclinar por los colores de uno, quitándole así la dignidad a su padre, aparece el aroma de cariño nuevo pero extranjero. Se hacen hinchas de un club del exterior, de esos clubes millonarios de estadios lujosos de Instagram y *marketing* pero no de sentimiento. Eso sin hablar de los que se hacen seguidores de un equipo local con violencia. ¿Cómo vas a quitarle la vida a alguien por tener otro color de camiseta? Están locos. Antes compartíamos hasta la picada[20] en la tribuna con el que tenía la roja al lado y lo más peligroso era un chiste elocuentemente gracioso.

¿Saben? Ahora que lo pienso mejor, sí voy a ir a trabajar. Y hoy, que es el día después, me voy a poner la camiseta azul de la que mi abuelo hizo hincha a mi padre viendo a Di Stéfano, Rossi, *Maravilla* Gamboa y Pedernera. La misma con la que mi viejo me enamoró contándome cómo lloraba de sentimiento gracias a Willington Ortiz, Arnoldo Iguarán, Alejandro Brand y Mario Vanemerak. Voy a ir a la oficina vestido de azul como los que yo vi: Bonner Mosquera, Rafael Robayo y, cómo no, Henry Rojas, quien tal vez nos regaló el gol más lindo, más llorado y más gritado de la historia gloriosa del club. ¿A quién se lo marcó? Al eterno rival, el Clásico Capitalino. ¿Se imaginan qué habría sido de nosotros si hubiésemos perdido esa final?

Nada que valga la pena sentirse puede ser entendido con la cabeza. Todo lo que en verdad es importante para la vida debe entrar por un lugar diferente: el corazón.

---

20 Comida típica colombiana.

Lecturas sugeridas

El lado oscuro de la sombra y otros ladridos (José Baroja)

Cuentos de Daniel (Daniel Pérez)

Cuentos para leer en un chinchorro (Emilia Mendéz de Boscán)

Cuentos y relatos (Bertoldo Herrera Gitterman)

Guayos y sus otras leyendas (Eudelio Pérez)

Terror entre páginas (Stephanie Sarmiento Carbajal)

Hay algo que te acecha. Relatos de horror, suspenso y misterio (Antonia de la Luna)

Made in the USA
Columbia, SC
23 December 2023

28517077R00083